Rare zomer

Maria van Eeden

met tekeningen van Alice Hoogstad

Zwijsen

Bolleboos extra

LEESNIVEAU

		ME	ME	ME	ME	ME		
AVI	S	3	4	5	6	7	P	
CLIB	S	3	4	5	6	7	8	P

geheimen

Toegekend door Cito i.s.m. KPC Groep

De Nederlandse Kinderjury 2012

1e druk 2011
ISBN 978.90.487.0835.2

Tekst: Maria van Eeden
Illustraties: Alice Hoogstad

Vormgeving: Rob Galema

Voor België:
Uitgeverij Zwijsen.be, Antwerpen
D/2011/1919/70

Inhoud

1. Appels 9
2. Een jaar of langer 14
3. De buurvrouw 18
4. Een baantje 23
5. Scherven 27
6. Bulten en deuken 32
7. De muzikant 37
8. Geld verdienen 43
9. Limonade te koop 48
10. Modelzitten 54
11. De dierenkliniek 59
12. Een skateboard 65
13. Bijna honderd euro 70
14. Het hele verhaal 76
15. Vervelen? 81
16. Plannen 87
17. Goliath 92
18. Alles mislukt 96
19. Naar Victorien 101

1. Appels

Martje heet ze, Martje Wieland. En ze is echt *verschrikkelijk* boos.

'Ga maar eens kijken wat een fantastische tuin we hier hebben!' zei Marianne, haar moeder, terwijl ze Martje ongeveer de keukendeur uit duwde naar buiten. 'Met zo'n heerlijke tuin heb je toch iedere dag vakantie!'

Wat je heerlijk noemt: de 'tuin' die haar moeder zo bijzonder vindt, bestaat alleen uit een verwaarloosd grasperkje waarin een paar oude, kromme bomen staan, verder niets.

Stampvoetend loopt Martje door het gras. Haar moeder begrijpt er helemaal *niets* van: ze beslist *zelf* wel wat ze heerlijk vindt! Martje schopt tegen de paardenbloemen die als sterretjes boven de groene grassprieten uitsteken. Haar voeten raken iets wat verscholen ligt tussen het hoge gras. Een moment denkt ze dat het een tennisbal is, maar meteen ziet ze dat ze zich vergist: het is een appel. Martje raapt hem op, maar laat hem meteen weer vallen. Bah, hij is compleet verrot!

Op de grond valt de appel met een plof uit elkaar. Met een vies gezicht veegt Martje haar vingers schoon aan de grassprieten. Ze ontdekt dat er overal appels liggen. Er staat gewoon een appelboom in hun achtertuin!

Martje loopt naar de grootste van de drie bomen en tuurt ingespannen langs de stam omhoog. Tussen de dichte trossen bladeren ziet ze inderdaad appels hangen, kleine groene appeltjes met een beetje streperig rood op hun schil. Meteen krijgt ze ontzettende trek in zo'n appel. Ze grijpt de boomstam beet en klautert omhoog. In een paar ogenblikken zit ze op een dikke tak, plukt de grootste appel waar ze bij kan komen en zet haar tanden erin.

Het vruchtvlees van de appel is stevig en zo sappig dat er vochtdruppels in haar gezicht spetteren. Lekker!

Martje heeft de appel bijna helemaal opgegeten, als ze iets verdachts ziet zitten op het witte vruchtvlees aan de binnenkant: een bruin vlekje. Ze duwt de boombladeren een beetje uiteen om wat meer licht te krijgen. Dan tuimelt ze bijna naar beneden van schrik. Dat bruine vlekje is een rotte plek en middenin ziet ze iets bewegen: een worm!

Help, waarschijnlijk zaten er nog meer wormen in. Die heeft ze dan al allemaal doorgeslikt, of misschien zelfs doormidden gebeten! Martje laat de appel uit haar handen vallen en spuugt en briest, haar tong ver uit haar mond. Alleen heeft dat natuurlijk geen enkele zin: die worm zit ondertussen allang in haar maag. Blèk wat smerig, ze moet onmiddellijk haar mond gaan spoelen! Ze schuift naar achteren om weer naar beneden te kunnen klauteren en daardoor ontdekt ze dat ze vanuit de boom over de schutting de tuin van de buren kan bekijken. Als ze hoger klimt, heeft ze ongetwijfeld nog beter zicht.

Meteen is ze haar misselijkheid vergeten. Om de laatste restjes van een eventuele worm kwijt te raken, spuugt ze nog één keer flink naar beneden. Vervolgens hijst ze zich omhoog naar een volgende tak. Ze zoekt een plekje waar ze lekker genoeg ligt om het een tijdje vol te houden.
Op dit moment is er niemand in de tuin van de buren, dus Martje kan rustig spioneren.
Tuin ... eigenlijk kun je het beter een binnenplaats noemen, want de buurtuin is betegeld met glanzende witte tegels. Superchic, dat zeker, alleen is er geen grassprietje te bekennen. Er staan potten en vazen in allerlei vormen en kleuren. Sommige daarvan zijn gevuld met planten, maar de meeste vazen staan er gewoon voor de mooiigheid.
Martje schuift zo ver mogelijk naar voren op de boomtak, zo ver dat ze hem hoort kraken, maar nu kan ze wel de héle buurtuin overzien. Ze ontdekt zelfs een vijvertje, een piepklein vijvertje, maar toch! Naast de vijver, vlak achter de schutting, staan twee stenen beelden aan weerszijden van een bankje. Het zijn een jongen en een meisje. Ze zijn allebei bloot en ze dragen een fruitschaal op hun hoofd. Er liggen druiven op die schaal, stenen druiventrossen, verder niets.
Daar zou best wat lekker fruit bij kunnen, grinnikt Martje in zichzelf. Ze plukt een appel van de tak boven zich en gooit die in de richting van de fruitschaal. De appel komt niet op de fruitschaal terecht, wat eigenlijk de bedoeling was: met een plons valt hij in het vijvertje. Het water springt

omhoog, als een soort fontein. Grappig, denkt Martje, en ze gooit nog een tweede en een derde appel in de vijver. Het water spat steeds hoger, het komt bijna boven de schutting uit. Dan, bij de volgende worp, gaat het mis: Martje richt, ze gooit zo hard mogelijk, maar de appel schiet te vroeg uit haar hand. Hij maakt een onverklaarbare bocht: in plaats van in het water te plonzen, valt hij tegen een hoge, smalle tuinvaas die op een pilaartje naast het vijvertje staat. Martje ziet de vaas wankelen. Ze knijpt haar ogen dicht, maar ze hoort daardoor des te beter het geluid dat erop volgt. Het klinkt alsof er een heel servies aan diggelen valt.

2. Een jaar of langer

Help, laat alsjeblieft niemand het gehoord hebben! Martje wacht niet af of dat daadwerkelijk het geval is. Met haar ogen nog steeds stijf dichtgeknepen, kruipt ze achteruit terug over de tak. Ze slaat haar armen rondom de dikke boomstam en wil zich juist naar beneden laten zakken, wanneer ze een deur hoort opengaan. Haar hart staat bijna stil van schrik: ze hebben het tóch gehoord! Martje klemt zichzelf zo dicht mogelijk tegen de boomstam, het dichte, groene bladerdak zorgt ervoor dat ze onzichtbaar blijft. Juist als ze denkt dat haar armen haar niet langer kunnen dragen, hoort ze haar moeder roepen: 'Martje, Martje, ben je daar ergens?' Opgelucht haalt Martje adem. Ze opent haar mond om antwoord te geven, maar ze bedenkt zich: haar moeder hoeft niet te weten dat ze nog steeds in de tuin is, dat is toch het veiligste. Als haar ouders erachter komen wat ze heeft gedaan, worden ze vast verschrikkelijk kwaad. Dan krijgt ze niet alleen straf, maar dan zal ze beslist ook naar de buren gestuurd worden om excuses aan te bieden en dat wil ze absoluut niet!
Opnieuw roept haar moeder: 'Martje, waar zit je nou?' Het klinkt ongeduldig; al na een paar seconden slaat de keukendeur met een klap dicht. Net op tijd, want op datzelfde ogenblik moet Martje

de boomstam loslaten. Ze springt en valt tegelijk. Razendsnel krabbelt ze overeind, sluipt naar de achterpoort en glipt de tuin uit. Ze begint te hollen zonder precies te weten waarnaartoe, ze neemt een zijpaadje naar links en dan een naar rechts. Plotseling staat ze voor een verlaten pleintje met allerlei speeltoestellen: een schommel, een wipkip, een klimhuisje ... alles op maat gemaakt voor kleine kinderen. Dit moment is er niemand; alleen verderop, achter het hekje op een groter plein, ziet ze een jongen die met zijn skateboard ingewikkelde sprongen oefent. Martje ziet hem een aantal keer kunstig over een hindernis springen, vervolgens rijdt hij weg.

Martje ploft neer op de schommel en zet zich af. Het toestel komt nauwelijks in beweging, doordat haar benen veel te lang zijn: haar voeten slepen over de grond. Bijna moet ze lachen, niet uit vrolijkheid, maar omdat ze hier als een of andere ukkepuk in een speeltuintje zit te schommelen.

Dat klopt trouwens precies, bedenkt ze, want iedereen beslist over haar leven alsof ze nog steeds een klein kind is en het niets uitmaakt wat zijzelf ervan vindt.

Terwijl ze een beetje heen en weer schommelt, roept ze: 'Ik ben kwaad, KWAAD!' Keihard, want er is toch niemand die haar kan horen, maar haar kwaadheid wordt er geen sikkepitje minder door. Het lastige is dat ze eigenlijk niemand de schuld kan geven.

Kijk, het zit zo: hun échte huis, in de Van Olden-

barneveltstraat in het centrum van de stad, moet opgeknapt worden: niet alleen hún huis, de hele Van Oldenbarneveltstraat en ook de andere straten in de staatsliedenbuurt. De huizen worden van boven tot onder vernieuwd: muren, ramen, daken ... *renovatie* wordt dat genoemd. Alle bewoners moeten tijdens die renovatie natuurlijk ergens anders wonen. Daarom is Martjes familie gisteren verhuisd naar dit huis aan de Kastanjelaan: haar vader Jochem, haar moeder Marianne en zijzelf. Het kan wel een jaar of misschien zelfs nog langer duren voordat ze weer terug kunnen. Martje zucht: daarom zit ze nu dus hier in deze oersaaie bomenbuurt, ver weg van haar eigen gezellige straat in de drukke binnenstad. Wat het helemaal moeilijk maakt, is dat juist de zomervakantie is begonnen. Haar ouders hebben nota bene besloten dat ze deze zomer niet op vakantie gaan. Haar moeder zegt dat je, als je hier woont, geen vakantie nodig hebt. Met zo'n prachtige tuin achter je huis en zo veel groen in de straten hoeft dat volstrekt niet, beweert ze. Dat kan allemaal waar zijn, maar voor Martje betekent het dat ze zes lange weken in deze buurt moet doorbrengen zonder haar vriendinnen, want die zijn dus allemaal wél op vakantie.
Zes verschrikkelijke weken waarin ze zich waarschijnlijk zal doodvervelen! Met een hoofd vol boze gedachten staat Martje op van de schommel. Ze zal ondertussen maar eens teruggaan, want de verhuisdozen met haar eigen spulletjes moeten nog uitgepakt worden.

Na even ronddwalen vindt ze hun tijdelijke straat terug: de Kastanjelaan. Evenals in de straten eromheen staan daar eindeloze rijen met precies dezelfde huizen; allemaal met een voortuintje en waarschijnlijk ook een achtertuin. Het zijn alleen maar woonhuizen: geen gezellige winkels, cafés of restaurantjes zoals in Martjes eigen vrolijke buurt. Bovendien is er gewoonweg niemand op straat ... nou ja, bijna niemand.

Zo stil! Hoe kan ze het hier ooit uithouden!

Als Martje de voortuin van haar 'nieuwe' huis in loopt, hoort ze opeens luid gemiauw. Op de stoep, half verscholen onder het struikgewas, ligt een dikke, roodharige kat. 'Wat is er met jou aan de hand?' vraagt Martje, terwijl ze zich bukt om hem te aaien, maar blijkbaar is hij daar niet van gediend. Het beest blaast en haalt plotseling fel uit met zijn voorpoot: *rats* gaan zijn nagels over Martjes hand. Meteen verschijnt er een bloederig rode schram.

'Au, rotbeest!' roept Martje, en ze schopt in de richting van de kat, maar die is al weggesprongen. Martje zet een paar dreigende stappen zijn kant uit en als het dier niet reageert, roept ze nogmaals: 'Rotbeest!'

Voor het raam van de buren verschijnt een gezicht, het gezicht van een vrouw. Vliegensvlug holt Martje hun eigen tuinpaadje op en drukt lang op de bel naast de voordeur.

3. De buurvrouw

Met een nijdig gezicht staat Martje voor haar geopende slaapkamerraam. Ze kijkt naar de huizen en de tuintjes aan de overkant: wat een enorm verschil met hun eigen Van Oldenbarneveltstraat, denkt ze. Van 's ochtends vroeg tot 's avonds laat hoorde je daar de tram en het andere verkeer langsrijden, hier is het doodstil!
Ze keert zich om en bekijkt haar nieuwe slaapkamer. Gisteren heeft ze haar verhuisdozen uitgepakt. Verder hoefde er niets meer te gebeuren. De spierwitte muren zijn leeg gebleven, echt heel anders dan haar eigen heerlijke kamertje, dat ze had volgehangen met posters van haar favoriete zanggroep. Het boekenrek dat hier vrijwel leeg tegen de muur staat, was daar gewoon te klein voor Boelie, haar oude ijsbeer, en haar andere knuffelbeesten. Maar ze heeft bijna geen spullen meegenomen naar dit huis, expres niet. Voordat ze gingen verhuizen, heeft Martje haar knuffelbeesten en het grootste gedeelte van haar oude spelletjes en speelgoed zomaar weggegeven aan kleine kinderen uit de buurt. En dus ook haar posters. Haar moeder heeft haar nog gewaarschuwd dat ze daar spijt van zou krijgen, maar Martje heeft toen alleen maar geantwoord: 'Spijt? Zo kinderachtig ben ik heus niet!' Alleen, nú zit ze er mooi mee!

Stampvoetend loopt ze naar beneden en ze gaat languit op de bank in de woonkamer liggen.
'Pak je fiets en ga de omgeving verkennen,' stelt haar moeder voor. 'In deze rustige buurt kán dat.'
'Dat heb ik gisteren al gedaan. Er valt hier in de buurt helemáál niets te verkennen. Ik verveel me dood!'
Haar moeder haalt snuivend adem, wat betekent dat ze boos aan het worden is. 'Martje ...' begint ze. Op hetzelfde moment gaat de deurbel. Martje springt op en holt snel naar de voordeur.

'Hallo, ik ben jullie buurvrouw. Ik woon hiernaast op nummer 39. Victorien heet ik, Victorien Hartman.' In het portiek staat een vrouw, die met allebei haar handen op een kruk steunt. Ze kijkt Martje onderzoekend aan. Martjes hart slaat een slag over van schrik, en ze voelt haar gezicht gloeiend worden: *de buurvrouw*!
'Eh, eh ...' is alles wat ze uit haar keel kan krijgen. Gelukkig komt haar moeder erbij staan. 'Wat aardig dat u komt kennismaken!' zegt zij. 'Ik ben Marianne Wieland, en dit is mijn dochter Martje. Wilt u even binnenkomen? We gaan net theedrinken.'
Eerst zegt Victorien Hartman: 'Ik kwam alleen langs om goedendag te zeggen. Ik ben mijn verplichte wandelingetje aan het maken!' Ze wijst op haar krukken. Maar als Marianne aandringt, is ze meteen overgehaald, en kaarsrecht met kleine stijve pasjes loopt ze naar binnen.
Even later zitten ze met zijn vieren rond de eettafel

en Victorien legt uit waarom ze met krukken loopt. 'Het is een rare zomer voor mij, ik ben aan mijn heup geopereerd anderhalve week geleden, daarom ben ik ontzettend onthand momenteel: ik mag niet bukken, tillen, autorijden ... eigenlijk niets! Ik heb uiteraard huishoudelijke hulp, maar er gebeuren telkens onverwachte dingen, dus dan moet ik toch weer iemand opbellen, terwijl ik juist gewend ben mijn zaakjes alleen op te knappen.' Ze zegt het hartgrondig; toch klinkt het niet als mopperen.
Martje bekijkt Victoriens gezicht: ze heeft al behoorlijk wat rimpels, toch klinkt haar manier van praten jong.
'Gaat het lang duren voordat je weer gewoon alles kunt doen?' vraagt Martjes vader aan Victorien.
'Waarschijnlijk de hele zomer: over ongeveer zes weken mag ik zonder krukken lopen. Daarna wordt het allemaal een stuk gemakkelijker, alleen zal het langer duren voordat ik mijn echte werk weer kan uitvoeren. Ik ben namelijk pottenbakker, en dat is behoorlijk zwaar werk.'
'Pottenbakker?' vraagt Martje geschrokken. Ze luistert allang niet meer naar wat de volwassenen allemaal bespreken. Wat ze zojuist hoorde, is *afschuwelijk*: als Victorien pottenbakker is, heeft ze die vazen in haar tuin waarschijnlijk eigenhandig gemaakt. Dan is het eenvoudigweg *verschrikkelijk* dat een ervan is gebroken.
Victorien mag er absoluut niet achterkomen dat Martje de schuldige is!
'... ik denk dat Martje dat best leuk vindt, want dan

hoeft ze zich tenminste niet meer te vervelen, toch Martje?' dringt plotseling de stem van Marianne tot haar door. 'Natuurlijk vind ik dat leuk!' antwoordt ze vlug, al heeft ze geen idee wat haar moeder feitelijk voorstelt. 'Prachtig,' zegt Marianne. Ze klinkt opgelucht. 'Dat hebben we dan afgesproken!'
'Afgesproken?' Martje kijkt verbouwereerd van de een naar de ander. Wat zou Marianne daarmee bedoelen?
Victorien glimlacht: 'Denk er eerst even over na, Martje, en kom me vanmiddag maar vertellen wat je hebt besloten. Tegen vijven ben ik zeker thuis. Trouwens, je hoeft het niet voor niets te doen. Beschouw het maar als een vakantiebaantje.'
Steunend op de tafel komt Victorien overeind, ze pakt haar krukken en loopt met kleine stapjes de woonkamer uit.
'Je bent een lieverd, Martje!' zegt haar moeder, terwijl ze met Victorien meeloopt.
Lieverd ... opeens realiseert Martje zich wat ze daarnet heeft afgesproken: ze heeft zomaar beloofd dat ze de buurvrouw gaat helpen. Maar dat is *verschrikkelijk*, dat wil ze volstrekt niet, daar hoeft ze geen seconde over na te denken!

4. Een baantje

Om klokslag vijf loopt Martje door het witte hekje het tuinpad van Victorien op.
Victorien Hartman, keramiste staat er op een naambordje naast de voordeur. 'Dat klinkt tenminste beter dan pottenbakker,' zegt Martje binnensmonds, terwijl ze op het belknopje drukt. Ze heeft helemaal geen zin in de boodschap die ze de buurvrouw gaat brengen.
Natuurlijk heeft ze, toen Victorien was vertrokken, meteen tegen haar ouders gezegd dat ze niet van plan was om dat 'vakantiebaantje' aan te nemen, alleen heeft ze er niet bij verteld waarom.
Haar moeder heeft nog geprobeerd haar over te halen: 'Ik dacht dat je het juist prettig zou vinden, Martje. Bovendien help je er iemand reusachtig mee. Het gaat alleen maar om eenvoudige dingen: thee zetten, kleine boodschapjes, zoiets.' Toen Martje daarna uitriep: 'Dat vind ik superstom, dan verveel ik me liever', begon haar moeder ontzettend te mopperen. Eigenwijs en kinderachtig noemde ze Martje. *Kinderachtig*, Martje háát dat woord, en toen werden ze allebei kwaad.
Het duurt een eeuwigheid voordat er wordt opengedaan. Ongeduldig wipt Martje van haar linkervoet op de rechter.
Opeens komt diezelfde dikke kat van gisteren onder

de struiken vandaan naar de voordeur gelopen. Hij strijkt met zijn vacht langs Martjes benen, maar als zij hem probeert te aaien, begint hij te blazen en haalt uit met zijn poot. ‘Rotbeest, alweer!’ roept Martje verontwaardigd. Datzelfde ogenblik wordt de voordeur opengedaan, en de kat glipt langs haar benen naar binnen.

Victorien staat in de deuropening. ‘Ha Martje, welkom,’ zegt ze. Ze laat niet merken of ze heeft gehoord wat Martje riep. Ze draait zich om en loopt langzaam de gang door. ‘Ga zitten,’ zegt ze, als ze in de woonkamer zijn aangekomen. Ze zet haar krukken tegen de tafel en laat zich met een zucht op een rechte stoel zakken. Martje gaat met een stuurs gezicht tegenover haar zitten.

Victorien kijkt haar eerst onderzoekend aan, en zegt dan: ‘Het gaat niet lang duren, hoor. Ik heb je alleen gevraagd of je hiernaartoe wilde komen, omdat ik iets wil zeggen zonder dat je moeder erbij is. Ik vind het echt heel attent om zomaar een oplossing voor me te willen bedenken en, toegegeven, extra hulp kan ik goed gebruiken momenteel ...’

‘Eigenlijk ...’ onderbreekt Martje haar, maar Victorien laat haar niet uitpraten: ‘Wacht even, Martje, ik vertel je maar meteen dat ik het geen goed idee vind! Ik heb allang begrepen dat je gewoonweg geen zin hebt te komen helpen en ik geef je groot gelijk. Er zijn leukere manieren te bedenken om je zomervakantie door te brengen. Trouwens, ik zoek iemand die wil aanpakken, niet iemand die alleen komt helpen omdat ze zich anders verveelt. Ik kan

wel iets prettigers bedenken dan kinderoppas spelen.'
Even is Martje sprakeloos: beweert Victorien dat zij een *kinderoppas* nodig heeft? 'Maar ...' stamelt ze. Ze is zo verontwaardigd dat ze nauwelijks uit haar woorden kan komen.
'Je wilt dat baantje toch werkelijk niet, of vergis ik me daarin?' Victorien kijkt haar met een klein glimlachje aan, waardoor Martje het gevoel krijgt uitgelachen te worden. Daardoor zegt ze iets wat ze absoluut niet van plan was.
'Nee, dat klopt helemáál niet!' antwoordt ze. 'Ik wil juist graag komen werken.' *Help, wat gebeurt hier?* denkt ze ondertussen.
Victorien trekt haar wenkbrauwen op. 'Zozo,' zegt ze, 'kun je misschien vertellen waaróm: hou je ervan karweitjes voor anderen op te knappen of is het omdat je niets anders te doen hebt?'
'Ik wil graag geld verdienen,' zegt Martje. 'Maar voor een echt vakantiebaantje ben ik te jong.' Ze is stomverbaasd over wat ze zichzelf hoort zeggen, maar Victorien kijkt of ze dit antwoord normaal vindt. Ze knikt een paar keer begrijpend: 'Geld verdienen, dat lijkt me een logische reden, maar luister, voordat je ook daadwerkelijk dit "vakantiebaantje" aanneemt, moeten we een aantal dingen bespreken.'
Victorien zegt dat ze van tevoren niet kan zeggen wanneer ze eventueel Martjes hulp nodig heeft. Soms kan dat voor een halfuurtje zijn, terwijl het een andere keer misschien urenlang duurt.

'Vind je het vervelend als je dat niet van tevoren weet?' vraagt ze.

Martje haalt haar schouders op: deze hele afspraak vindt ze superirritant, maar dat kan ze gewoonweg niet zeggen. 'Nee, dat vind ik niet vervelend,' antwoordt ze daarom.

'Prima,' zegt Victorien. 'Dan nu het belangrijkste: als je hier komt werken, moet ik op je kunnen rekenen. Afspraak is afspraak, vind ik.'

'Dat lijkt me logisch!' mompelt Martje. 'Als ik iets beloof, dan doe ik dat natuurlijk.'

'Uitstekend, dat was alles,' zegt Victorien tevreden. 'Heb je zelf misschien vragen?'

Martje kan alleen maar bedenken dat ze zo vlug mogelijk hiervandaan wil. 'Nee,' zegt ze daarom, 'maar hoeveel ga ik verdienen?'

Victorien grinnikt. 'Twee euro vijftig per uur,' zegt ze. 'Laten we meteen afspreken dat we het bedrag afronden, dus als je minder dan een uur hebt gewerkt, rekenen we een heel uur. Nog andere vragen?'

'Nee,' zegt Martje nogmaals, 'alleen: wanneer beginnen we? Volgende week?'

Nu lacht Victorien hardop. 'Je bent aangenomen, Martje!' zegt ze. 'En je kunt meteen beginnen, want ik heb een probleempje: Goliath heeft brokken gemaakt.'

5. Scherven

'Deze heer is Goliath,' zegt Victorien, terwijl ze naar de roodharige kat wijst die op de vensterbank zit. 'Volgens mij hebben jullie al kennisgemaakt.' Moeizaam staat ze op en loopt naar hem toe. Ze aait hem over zijn vacht, maar zelfs van Victorien kan hij dat blijkbaar niet hebben. Hij maakt een hoge rug en springt van de vensterbank, onder de strelende hand van Victorien vandaan.
Victorien lacht naar Martje. 'Wel een beetje oppassen, hoor,' zegt ze. 'Goliath is een schat van een kater, maar hij is een tamelijk verwend meneertje, onberekenbaar en prikkelbaar, vooral tegen vreemden.
Vanmorgen ontdekte ik dat hij een tuinvaas naast de vijver heeft omgestoten. Eigenaardig, want deze lieve lastpak is normaal altijd voorzichtig. Daarom vind ik het zo vreemd wat er is gebeurd: misschien probeerde hij een vis uit de vijver te pakken. In ieder geval heeft hij zoiets nog nooit eerder gedaan. Eerlijk gezegd vind ik het ontzettend jammer dat het gebeurd is. Die tuinvaas was een bijzonder fraai gelukt exemplaar. Maar goed, daar verandert niets meer aan, alleen is het gevolg dat rondom de vijver allemaal scherven liggen. Omdat ik deze periode niet mag bukken, wilde ik jou vragen die kapotte vaas op te ruimen. Ik vind het zo'n treurig gezicht,

overal scherven.'
Het is maar goed dat Victorien naar buiten kijkt. Als ze Martjes gezicht zou hebben gezien, had ze misschien geraden wat er in werkelijkheid gebeurd was. Martje is vuurrood geworden. Ze weet niet wat ze moet antwoorden zonder zichzelf te verraden.
Op dat moment voelt ze iets zachts langs haar benen strijken: Goliath weer, hij zoekt haar gewoon!
Martje buigt zich over hem heen. 'Wegwezen!' fluistert ze, alleen trekt de kater zich daar niets van aan: hij blijft rondjes draaien om haar benen. Dat ziet Victorien.
'Goliath vindt jou aardig!' zegt ze verwonderd. 'Meestal blijft hij bij vreemde mensen vandaan. Ben jij een kattenliefhebber?'
Martje gaat vlug rechtop staan. Ze haalt haar schouders op. 'Niet echt ...' zegt ze. 'Zal ik meteen die scherven opruimen?' voegt ze eraan toe.
Gewapend met vuilniszak en stoffer en blik loopt ze naar buiten. Voorzichtig haalt ze de scherven tussen de andere tuinpotten en vazen vandaan.
Victorien komt ook de tuin in lopen. Ze blijft een tijdje staan kijken zonder iets te zeggen. Opeens roept ze: 'Ach nee, de kruik van grootmoeder is ook kapot! De tuinvaas moet ertegenaan gevallen zijn.' Ze wijst naar een grote, donkerblauwe pot die aan de rand van de vijver staat. Het deksel ligt er in stukken naast en een barst loopt van bovenaan bijna tot de bodem van de pot. 'Een erfstuk van mijn grootmoeder,' zegt Victorien zuchtend.
Ze vraagt Martje de pot en de scherven die erbij

horen in de kamer neer te zetten. Hoofdschuddend loopt ze mee naar binnen. 'Misschien kan ik hem nog wat fatsoeneren, alleen, het mooie is ervanaf!'
Terneergeslagen gaat Martje terug naar de tuin om de overige scherven op te ruimen.
Ik heb het niet *expres* gedaan, probeert ze zichzelf te troosten, maar ondertussen weet ze best dat het ook niet *per ongeluk* gebeurde.
Zorgvuldig verzamelt ze alle stukken en brokken. Dan ontdekt ze dat onder het bankje een appel ligt. Dat moet de appel zijn die zíj gegooid heeft, de appel die zoveel heeft vernield! Opnieuw stijgt het bloed naar haar wangen, en razendsnel gooit ze de appel in de vuilniszak. Als Victorien het maar niet heeft gezien! Daarna voelt ze over de bodem van de vijver en vist de andere drie appels eruit. Gelukkig, nu is er niets meer waaruit kan blijken dat zíj de schuldige is geweest. Toch houdt Martje datzelfde loodzware gevoel terwijl ze de laatste scherven verzamelt.
'Helemaal klaar!' zegt ze tegen Victorien. 'Alles is opgeruimd en de vuilniszak ligt in de container. Ik ga meteen, want het is vast allang etenstijd.'
'Wacht, vergeet je eerst verdiende salaris niet!' zegt Victorien, en ze wappert met een envelopje.
Help, Martje had er niet op gerekend dat ze betaald zou worden voor dit karweitje. Hier wil ze beslist geen geld voor aannemen, feitelijk zou zíj Victorien moeten betalen.
'De eerste keer is gratis,' verzint ze vlug, en meteen wil ze de kamer uit lopen. Victorien roept

haar terug: 'Lief bedacht, Martje, maar afspraak is afspraak. Dat geldt niet alleen voor jou, maar ook voor mij. Je hebt ervoor gewerkt, je hebt het eenvoudigweg verdiend, alsjeblieft! Bovendien wilde ik nogmaals een beroep op je doen! Zou je morgenochtend kunnen komen, of heb je iets anders?'
Het liefst was Martje rechtstreeks naar huis gegaan en nooit meer teruggekomen, maar ze kan niet anders dan toezeggen. Ze knikt onwillig: 'Voorlopig heb ik niets te doen!'
'Lastig hè, verhuizen!' begrijpt Victorien. 'Je kent in deze omgeving vanzelfsprekend nog niemand. Maar binnenkort wordt er een buurtfeest georganiseerd, de BBB-dag. Iedereen uit de bomenbuurt heeft dan de hele dag zijn huis geopend voor alle buurtbewoners. Dat is een feestelijke gelegenheid om iedereen te leren kennen. De BBB-dag valt altijd op de eerste woensdag van september; onthoud die datum maar!'
Martje haalt haar schouders op. 'Daar heb ik nu niets aan,' zegt ze onwillig. 'Trouwens, dan is de zomervakantie allang afgelopen, dus dan zijn mijn eigen vriendinnen alweer terug!'
Als ze daarna terugloopt naar haar eigen huis, heeft ze een nieuwe afspraak met Victorien. Ze heeft bovendien de sleutel van Victoriens huis meegekregen. Het envelopje met het verdiende geld zit in haar broekzak, maar ze is er volstrekt niet blij mee.

6. Bulten en deuken

De volgende ochtend om elf uur precies steekt Martje, tot haar eigen verbazing, de sleutel in het slot van Victoriens voordeur. Ze heeft zo ongeveer de halve nacht liggen woelen en piekeren. Pas nadat ze had besloten haar baantje bij Victorien af te zeggen, kon ze eindelijk slapen. En kijk, nu is ze er toch, op de afgesproken tijd!
Goliath staat haar achter de deur luid spinnend op te wachten. Martje probeert hem te ontwijken, maar dan gaat de kater juist languit liggen, zodat ze over hem heen moet stappen.
Victorien wacht in de kamer. Ze heeft haar jas voor zich op de tafel liggen. 'Prettig dat je er bent,' zegt ze. 'We gaan spulletjes ophalen in mijn atelier, zodat ik eindelijk weer iets kan doen, iets núttigs bedoel ik.'
Ze kijkt naar buiten: een taxi komt aanrijden. 'Prachtig, we kunnen vertrekken! Mijn atelier is vlakbij,' legt Victorien uit, 'maar als je zo beroerd loopt als ik in deze periode, is elke afstand te groot. Trouwens, we moeten een heleboel meenemen.'
Het is feitelijk maar een kort ritje naar de werkplaats. Toch lijkt het een totaal andere buurt: de straten zijn veel breder en de huizen zijn groter.
Ze stoppen bij een pleintje. Aan de ene kant ervan staan allemaal winkels, aan de andere kant staat een

langgerekt schoolgebouw.
'Mijn atelier,' wijst Victorien, maar als ze Martje verbaasd ziet kijken, zegt ze: 'Niet alleen van mij, hier werken veel meer kunstenaars. Ik huur maar één schoollokaal.'
Het atelier van Victorien is een ruimte helemaal achter in het schoolgebouw. Martje is verrast hoe groot en licht het er is. Het ruikt bovendien lekker, naar verf en naar grond, zoiets. Langs de wanden staan houten rekken volgeladen met potten en vazen en er staan ook een enorme ladekast en een grote schildersezel. Vlak voor het raam staat een werkbank met twee grote, ronde draaischijven, de draaitafel, begrijpt Martje.
'Fijne werkplaats, hè,' zegt Victorien. 'Alleen is het niet altijd zo opgeruimd. Kom maar eens kijken wanneer ik aan het werken ben! Vandaag wilde ik tekeningen uitzoeken en daar heb ik jouw hulp bij nodig.'
Ze vraagt Martje de schildersezel naar het midden van het atelier te verschuiven. Victorien gaat op een draaistoel ervoor zitten. Vervolgens moet Martje telkens een tekening uit een lade halen en die op de schildersezel vastprikken.
Het zijn geen tekeningen van vazen, terwijl Martje dat juist verwacht zou hebben; het zijn alleen gezichten van allerlei verschillende mensen. Het lijken normale tekeningen, maar als je beter kijkt, zie je dat er iets vreemds mee is: elk gezicht is een beetje uitgelopen, alsof ertegen geduwd of eraan getrokken wordt, heel eigenaardig. Victorien kijkt steeds

een tijdje naar elke tekening. Daarna moet Martje die weer van de schildersezel af halen en op een stapel leggen: links of rechts, dat gaat een hele tijd door. Het is Martje niet duidelijk waarom Victorien voor de verschillende stapels kiest, maar ze vraagt niets en Victorien zegt ook weinig. Martje hoort haar alleen soms mompelen: 'Prima', of: 'Juist!'
Na een tijdje zegt Victorien plotseling: 'Genoeg voor vandaag. We stoppen ermee; ik kan niet langer zitten.' Ze grijpt haar krukken en komt overeind. 'Zou jij een tekenmap willen pakken en daar de tekeningen in doen die we hebben uitgezocht, de rechterstapel. Ik ga even een praatje maken met mijn collega hiernaast.' Ze loopt de werkplaats uit.
Martje is snel klaar met haar opdracht. Daarna heeft ze genoeg tijd om de potten en vazen te bekijken die op de rekken langs de muur staan. Ze ontdekt dat ook met die potten iets vreemds is. Net zoals de gezichten op de tekeningen hebben ze allemaal een plek die niet klopt: een bult of een deuk of een rare hoek. Er staat ook een glazen vitrine waarin een aantal siervazen apart is tentoongesteld. Vanaf de ene kant lijken deze vazen gewoon glad afgewerkt, maar als je eromheen loopt, zie je opeens zo'n rare plek zitten.
Bij elke vaas ligt een prijskaartje. *Cantate 3/9: € 425* leest Martje hardop. *Gavotte 2/7: € 490* ... Tjonge, een heleboel geld, denkt ze. Ze staat op haar tenen om het volgende kaartje te bekijken als er plotseling iets tot haar doordringt. Die tuinvaas, die zij heeft kapotgegooid, kostte dus ook zoveel; misschien zelfs

meer, want Victorien zei dat het een bijzonder fraai gelukt exemplaar was.
De deur van het atelier gaat open: Victorien is terug. Snel loopt Martje bij de vitrine vandaan.
'Ik heb een taxi besteld,' zegt Victorien. 'Over twintig minuten is hij hier, dus ondertussen kunnen we nog tekenmaterialen uitzoeken.'
De tekenspullen zitten in verschillende kistjes. Martje zit op haar knieën en sorteert wat Victorien aanwijst, maar ze kan haar gedachten er niet bij houden: vijfhonderd euro, denkt ze de hele tijd, *vijfhonderd euro*! Ze zucht diep. Als ze ziet dat Victorien haar onderzoekend aankijkt, bedenkt ze vlug iets om te zeggen. 'Waarom maak je die tekeningen, want dat is toch iets heel anders dan pottenbakken?'
Victorien reageert verrast: 'Grappige vraag! Deze tekeningen heb ik de maanden voorafgaand aan mijn operatie gemaakt, omdat pottenbakken te moeilijk werd. Tekenen was oorspronkelijk niet mijn favoriete bezigheid. Ik ben er alleen mee begonnen om niet stil te hoeven zitten. Maar er gebeurde iets wonderbaarlijks, voor mij tenminste: ik kreeg zoveel plezier in dat tekenen, ik vind het gewoonweg spannend wat er onder mijn vingers vandaan komt! Eigenlijk had ik een serie tekeningen op de BBB-dag willen tentoonstellen, maar door die vervelende heupoperatie zal dat een jaartje moeten wachten!'
Op dat moment klinkt een zoemer: de taxi!
Onderweg naar huis vraagt Victorien of Martje de volgende dag ook een paar uurtjes wil komen helpen.

……

'De afgelopen weken heb ik door die operatie helemaal niet kunnen tekenen. Nu wil ik weer beginnen. Voorlopig moet daarvoor thuis op de Kastanjelaan een werkplek ingericht worden, want mijn atelier is op dit moment te ongemakkelijk. Kan ik op jouw hulp rekenen?'
'Natuurlijk!' zegt Martje. Dat zou ze op iedere vraag van Victorien antwoorden. Want het enige waaraan ze kan denken, is het enorme bedrag dat ze Victorien schuldig is. Vijfhonderd euro, verschrikkelijk!

7. De muzikant

Marianne staat op een ladder bij de appelboom als Martje de tuin in komt lopen. 'Je wordt schatrijk!' roept Marianne naar beneden als ze het envelopje ziet dat Martje vasthoudt. 'Je moet een heleboel verdiend hebben vandaag!'
'Ik ben precies drieënhalf uur weggeweest!' zegt Martje.
'Dat betekent behoorlijk wat eurootjes erbij, geluksvogel,' lacht haar moeder. 'Heb je bedacht waarvoor je gaat sparen?' 'Nee!' antwoordt Martje kortaf, verder niets. Ze gaat naar binnen en loopt rechtdoor naar haar slaapkamer. Ze kijkt niet eens hoeveel er in het envelopje zit, ze schrijft alleen de datum erop en legt hem naast de envelop van gisteren boven op het boekenrek. Verder wil ze er niets mee te maken hebben. Ze gaat languit op haar bed liggen en knijpt haar ogen dicht.
Het voelt beslist niet alsof ze een geluksvogel is. Haar moeder begrijpt er niets van, maar zijzelf eigenlijk ook niet.
Als er tenminste *iemand* was met wie ze kon praten, aan wie ze het allemaal kon vertellen ...
Op dit ogenblik mist Martje de knuffelbeesten die ze heeft weggegeven verschrikkelijk; vooral Boelie, haar oude versleten ijsbeer. Erg kinderachtig voor iemand van bijna tien, vindt ze zelf, maar het is de

waarheid: Boelie heeft haar altijd getroost als ze verdrietig was, haar hele leven.
Ze krabbelt overeind en bekijkt het lege boekenrek. Wacht eens even ... ze krijgt opeens een ontzettend goed idee: met haar zelfverdiende geld kan ze natuurlijk een andere knuffel *kopen*! Dat ze dat niet eerder heeft bedacht!
Ze springt van haar bed, scheurt de beide enveloppen open en schudt de inhoud daarvan op haar bureau: twaalf euro en vijftig cent bij elkaar opgeteld. Dat moet genoeg zijn voor een nieuwe ijsbeer. Ze pakt haar rugtas, stopt het geld in het voorvakje en holt naar beneden.
Haar moeder staat nog steeds boven op de ladder.
'Waar ga je naartoe?' vraagt ze.
'Niets bijzonders, gewoon rondkijken bij het winkelcentrum. Ik heb vanmorgen gezien waar dat zit. Misschien kan ik iets leuks voor mezelf kopen.'
Haar moeder vindt het blijkbaar geen goed plan.
'Wacht!' roept ze. Met een plastic tas vol appels komt ze de ladder af.
'Denk je dat het verstandig is om je geld achterelkaar uit te geven?' vraagt ze. 'Zou je daar geen spijt van krijgen? Je kunt misschien beter wachten en er rustig over nadenken. Als je alles opspaart, kun je over een tijdje iets veel mooiers kopen.' Ze houdt de tas appels omhoog. 'Wil je misschien helpen? Ik ga vandaag appeltaart bakken met onze eigen appels!' Haar stem klinkt trots, maar Martje trekt een vies gezicht. 'Daar heb ik helemaal geen zin in, die appels zitten boordevol wormen. Ik wil gewoon

even in het winkelcentrum rondkijken. Het is toch zeker mijn eigen verdiende geld!'
Marianne tuurt in de zak appels alsof ze de wormen wil opsporen, en zegt dan: 'Je hebt gelijk, Martje, je hebt het geld eerlijk verdiend. Veel plezier bij het winkelen. En als je thuiskomt, is er heerlijke warme appeltaart met slagroom.'
Veel plezier ... Als Martje naar het winkelcentrum fietst, voelt ze zich allesbehalve vrolijk. Ze twijfelt zelf ook een beetje: is het werkelijk een goed idee om zomaar een nieuwe ijsbeer te kopen? Eigenlijk hoeft ze geen ander knuffelbeest, Boelie is absoluut onvervangbaar. Toch fietst ze verder.
Bij het winkelcentrum is het onverwacht druk: het lijkt of iedereen tegelijk zijn boodschappen doet, en de mensen hebben allemaal haast. Bijna allemaal, er is ook iemand die geen boodschappen doet: een muzikant. Hij staat op het pleintje tegenover de ingang van de supermarkt gitaar te spelen. Waarschijnlijk probeert hij geld te verdienen, want voor hem op het trottoir staat een geopende gitaarkoffer. Er zijn weinig mensen die naar hem luisteren; de meesten lopen gehaast voorbij. Martje gaat verderop op een bankje zitten en kijkt naar de gitaarspeler. Die lijkt zich er niets van aan te trekken dat hij weinig aandacht krijgt. Hij speelt gewoon door.
Onverwacht zoeft er iemand op een skateboard langs Martje, een jongen. Martje herkent hem: het is dezelfde jongen die ze een paar dagen geleden op het speelpleintje heeft gezien. Het grappige is dat hij ook een gitaarkoffer op zijn rug draagt.

De jongen houdt vlak voor de muzikant halt, springt van zijn skateboard en gaat op de stoeprand zitten luisteren. Die twee kennen elkaar waarschijnlijk, want de muzikant glimlacht naar de jongen. Vervolgens begint hij te zingen. Heel langzaam en tamelijk zacht, maar toch klinkt zijn stem helder tussen het geluid van de gitaar door. Het is totaal andere muziek dan Martje gewend is. Ze wordt er een beetje verdrietig van, maar tegelijk troost het haar, eigenaardig! Ze sluit haar ogen en luistert. Ondertussen overdenkt ze alles wat haar dwarszit: daarvoor moet ze een oplossing bedenken.
Zomaar opeens weet ze hoe die oplossing eruitziet: ze gaat Victorien alles terugbetalen wat ze schuldig is! Voorlopig accepteert ze gewoon het geld dat ze verdient, alleen gaat ze vooralsnog niets kopen. Alles wat ze binnenkrijgt gaat ze opsparen, ook haar zakgeld, net zo lang tot ze het bedrag voor de gebroken vaas bij elkaar gespaard heeft. Martje zucht van opluchting, opent haar ogen en kijkt om zich heen. De muzikant zingt en speelt nog steeds, maar nu staat er opeens een hele kring mensen te luisteren. Als het lied afgelopen is, roffelt de gitaarspeler een paar keer op de snaren van zijn instrument.
'Wauw!' roept de jongen met het skateboard als de laatste klanken zijn weggestorven. Hij applaudisseert met zijn handen boven zijn hoofd. Dat werkt aanstekelijk: ook de rest van het publiek geeft luid applaus. Daarna zijn er behoorlijk wat mensen die geld in de gitaarkoffer gooien.
De jongen loopt naar de muzikant en schudt zijn

hand. Dan slentert hij weg met zijn skateboard onder zijn arm. Als hij voorbij Martje komt, zegt hij: 'Fantastisch als je zo kunt spelen. Ik zou willen dat ík dat kon!' Hij wijst naar zijn eigen gitaarkoffer. 'Elke middag als ik naar gitaarles ben geweest, kom ik luisteren, want hij staat hier bijna dagelijks. Het verveelt nooit!'
'Verdient hij er veel geld mee?' vraagt Martje.
'Meer dan je zou verwachten!' antwoordt de jongen. 'Dat moet ook, want binnenkort gaat hij een wereldreis maken en dat kost behoorlijk veel geld.' De jongen steekt zijn hand op naar Martje. Dan stapt hij op zijn skateboard, stept een paar keer en zoeft weg.
Martje kijkt peinzend naar de gitarist. Zou iemand zomaar op straat echt genoeg verdienen om een wereldreis te kunnen maken?
Als ze even later dwars over het pleintje wegfietst, ziet ze dat de muzikant het geld uit zijn gitaarkoffer haalt en in een grote portemonnee opbergt.

8. Geld verdienen

Vandaag heeft Martje voor het eerst het gevoel dat ze haar geld *verdient*. Ze sjouwt en tilt eindeloos, draagt en versleept tafeltjes, stoelen, kistjes en planken, totdat Victorien opgetogen zegt: 'Fantastisch!'
Martje is trots op het resultaat: het is een prima werkhoek geworden. Victorien kan zitten tekenen zonder al te veel te hoeven draaien of bukken, en al haar tekenspullen staan binnen handbereik.
'Heerlijk, ik kan nu eindelijk weer werken! Dit had ik hard nodig!' zegt Victorien. 'Alleen ben ik bang dat ik je te veel heb laten ploeteren. Zelf ben ik uitgeput, terwijl ik alleen maar heb toegekeken!' Ze overhandigt Martje haar envelopje. 'Alsjeblieft en hartelijk bedankt. De komende tijd heb ik waarschijnlijk geen grote projecten voor je, want ik probeer zo veel mogelijk te tekenen.'
'Jammer!' zegt Martje welgemeend.
Victorien kijkt haar onderzoekend aan. 'Je wilt écht graag geld verdienen, hè?' zegt ze met een plagend glimlachje.
Martjes haalt nijdig haar schouders op; zo bedoelde ze het helemaal niet. Het voelt prettig, lekker hard werken en het is gewoon gezellig bij Victorien, maar dat hoeft ze niet hardop te vertellen. Ze wil de kamer uit lopen.
Victorien roept haar achterna: 'Wacht, niet zo

......

heetgebakerd, Martje! Als je écht iets extra's wilt verdienen, heb ik misschien een idee. Je kunt eventueel een paar keer voor mij modelzitten. Daarmee bedoel ik dat jij stilzit en dat ik je nateken. Poseren heet dat bij schilders en tekenaars. Ik wil je graag een aantal keer een uurtje inhuren, tenminste, als je denkt dat je het aankunt.'
'Dus je bedoelt dat ik moet stilzitten voor geld?'
Martje schiet ondanks zichzelf in de lach. Victorien vertelt dat het een heel gewoon beroep is: modelzitten voor kunstenaars.
'Maar het is ontegenzeglijk veel minder gemakkelijk dan het klinkt!' zegt ze. 'Daarbij heb je nog geluk: ik wil alleen je gezicht natekenen. Er zijn genoeg mensen die naakt poseren als een schilder of tekenaar iemand bloot wil afbeelden.'
Martje krijgt bijna de slappe lach als ze daaraan denkt. 'Afgesproken,' zegt ze. 'Ik kom wel eens modelzitten, maar alleen met kleren aan.'
Ze lacht nog als ze thuiskomt. Marianne vindt het ook een grappige manier om geld te verdienen, maar ze is het met Victorien eens dat het niet eenvoudig zal zijn. 'Ik zou het niet kunnen volhouden. Daar ben ik te ongeduldig voor. Altijd geweest trouwens,' vertelt ze. 'Vroeger, toen ik een kind was, probeerde ik natuurlijk ook wel eens geld te verdienen, op Koninginnedag bijvoorbeeld. Dan haalde ik spulletjes op bij mensen uit de buurt, oud serviesgoed, kleding, speelgoed, enzovoort, en dan maakte ik zo'n kraampje om het allemaal te verkopen. De voorbereidingen waren altijd het

leukst, want als ik daar eenmaal zat, vond ik het doodjammer dat ik niet bij de andere kramen kon rondsnuffelen. Na een tijdje hield ik het meestal voor gezien, dan ging ik mijn geld verbrassen bij de andere kramen. Daarom ben ik waarschijnlijk nooit rijk geworden!' Marianne grinnikt bij de herinnering daaraan.
Martje lacht niet mee, want door het verhaal van haar moeder krijgt ze een schitterend idee: ze kan een heleboel extra geld verdienen op straat. Hoe meer ze bijverdient, hoe eerder ze haar schuld aan Victorien heeft afbetaald, en daar gaat het tenslotte om! Daarvoor hoeft ze niet te wachten tot Koninginnedag. Bedenk maar eens hoeveel die gitaarspeler ophaalde op een gewone, doordeweekse middag! Martjes gedachten gaan opeens razendsnel: wat zou voor haarzelf de beste manier zijn? Een instrument bespelen kan ze jammer genoeg niet, en oude spulletjes om te verkopen heeft ze sinds de verhuizing niet meer. Er moet een andere mogelijkheid te verzinnen zijn.
Als ze met zijn drieën aan het middageten zitten, probeert Martje het bij haar vader: 'Jochem, wat deed jij vroeger op Koninginnedag?'
Haar vader schudt nee met zijn hoofd, terwijl hij een grote hap van zijn pannenkoek neemt. 'Mmm, appelpannenkoek, overheerlijk!' Met een volle mond zegt hij vervolgens: 'Wat ik het leukst vond op Koninginnedag, waren al die stalletjes waar je eten en drinken kon kopen. Ik wilde helemaal geen geld verdienen. Ik gaf het liever uit aan lek-

kere dingen. Tjongejonge, als ik daaraan terugdenk: poffertjes, zelfgebakken cakes en koekjes, limonade, het leek wel Luilekkerland!' Opnieuw neemt hij een hap pannenkoek. Marianne giechelt, terwijl zij stevig over Jochems buik wrijft: 'Dus toen begon het snoepen al. Kijk jij maar uit met die pannenkoeken, lekkerbek, anders word je nóg dikker.'
Martje zucht: 'Aan jou heb ik ook niets.' Ondertussen heeft haar vader haar wel op een uitstekend idee gebracht. Op straatfeesten is het bij de stalletjes met eten en drinken altijd verreweg het drukst. Mensen die winkelen, maar vooral hun kinderen, hebben over het algemeen erge dorst, dat weet Martje uit ervaring. Dus dat gaat ze doen: met een limonadekraampje op het winkelplein zitten; daarmee maakt ze de meeste kans.

......

9. Limonade te koop

Terwijl ze nog aan tafel zitten, is Martje bezig haar plannetje uit te broeden, en als ze van tafel opstaat, weet ze precies hoe ze het moet gaan uitvoeren. Doodeenvoudig eigenlijk: om te beginnen gaat ze van haar zelfverdiende geld een aantal flessen limonade en flink wat papieren bekertjes kopen. Dat bedrag zal ze dubbel en dwars terugverdienen als ze daarna die bekertjes limonade per stuk verkoopt! Van thuis kan ze een kleed meenemen om alles uit te stallen. Meer heeft ze eigenlijk niet nodig. Toch verandert Martje haar plan direct als Marianne de schaal met overgebleven pannenkoeken naar de keuken wil brengen. 'Mag ik die hebben?' vraagt ze. Die appelpannenkoeken zien er zo verleidelijk uit. Daarmee zal ze vast een heleboel klanten lokken. 'Heb je nog honger dan?' vraagt Marianne. Als Martje antwoordt: 'Ik neem ze mee naar buiten, voor straks!', vraagt haar moeder gelukkig niet verder.
De uitvoering van haar plannetje is echter minder eenvoudig dan Martje van tevoren had gedacht. Het duurt een hele tijd voordat ze daadwerkelijk met haar koopwaar voor zich uitgestald op het winkelplein zit. Maar dan heeft ze het wél allemaal uitstekend voor elkaar: op een kleurig picknickkleed staan vijf verschillende flessen priklimonade met

daarvoor een hele rij bekertjes. De pannenkoeken liggen in partjes gesneden op een kleurige schaal. Ze heeft verschillende kaartjes geschreven waarop het lekkers te koop wordt aangeboden en overal liggen prijskaartjes. Ze heeft zelfs aan een kistje met wisselgeld gedacht!
Tevreden bekijkt Martje het resultaat. Er zijn voldoende winkelende mensen die met overvolle boodschappentassen van de ene naar de andere winkel lopen. Het enige wat ontbreekt is de gitaarspeler; met muziek erbij zou het allemaal nog vrolijker worden!
Martje verheugt zich: laat die klanten maar komen! Alleen laten die behoorlijk op zich wachten. Iedereen loopt haar stalletje voorbij zonder een blik te werpen op het lekkers dat zij in de aanbieding heeft. Martje wordt er opstandig van. Moet ze soms net als op de markt gaan staan roepen: *Limonade te kóóp! Limonade en áppelpannenkoeken!*
Met een zucht van opluchting ziet ze eindelijk de muzikant bij het winkelplein aankomen. Hij installeert zich op dezelfde plek als gisteren, niet ver van Martje vandaan, pakt zijn gitaar en schuift de geopende gitaarkoffer uitnodigend naar voren. Hij tokkelt wat op de snaren om zijn instrument te stemmen.
Dan ontdekt hij Martje. Hij stopt meteen met zijn bezigheden, loopt naar haar toe en zegt lachend: 'Probeer jij ook hier op straat een zakcentje te verdienen?' Hij wacht niet op antwoord, maar wijst naar de schaal met de parten pannenkoek. 'Geef

maar een stuk van dat lekkers, ik heb ontzettende honger!'
Als hij de appelpannenkoek heeft opgegeten, vraagt hij meteen nog een partje. 'Overheerlijk!' zegt hij. De muzikant betaalt zijn euro. Daarna gaat hij terug naar zijn eigen plekje en begint te spelen. Meteen blijven mensen stilstaan om te luisteren. Vol verwachting beweegt Martje heen en weer op het ritme van de muziek. Haar eerste verdienste is binnen, en de toeschouwers staan zo dicht bij haar stalletje dat ze haar niet over het hoofd kunnen zien. Maar als de muzikant even pauzeert, is er niemand die naar haar toe komt om limonade of pannenkoeken van haar te kopen. Ze gooien hun muntstukken in de gitaarkoffer en daarna vertrekken ze haastig. Wat een tegenvaller!
Toch blijft Martje zitten, want als ze nu opgeeft, verdient ze beslist geen cent. Ze moet toch minstens haar uitgaven terugverdiend hebben!
De muzikant begint weer te zingen, hetzelfde lied als gisteren. Grappig, vandaag klinkt dat anders, vrolijker. Martje bekijkt de mensen die meeklappen en een beetje staan te swingen. Ze ziet dat de jongen met het skateboard ook weer tussen de toeschouwers staat. Met zijn gitaarkoffer op zijn rug uiteraard! Datzelfde ogenblik kijkt hij haar richting op. Hij zwaait en als de muzikant is opgehouden, slentert hij naar haar toe. 'Lekkere dingen heb je liggen,' zegt hij waarderend. 'Jammer genoeg heb ik geen geld, anders kocht ik beslist iets. Zit je hier om vakantiegeld te verdienen?'

‘Wij gaan dit jaar niet op vakantie, want wij moesten zo nodig verhuizen.’ Martje hoort zelf hoe stekelig ze klinkt, hoewel dat niet de bedoeling was. ‘Neem gerust wat van die pannenkoek als je honger hebt,’ voegt ze er daarom aan toe. Ze schuift de schaal naar voren en schenkt voor allebei een bekertje limonade in. ‘Alsjeblieft. Klanten krijg ik vandaag toch niet!’
‘Bedankt!’ De jongen legt zijn skateboard neer en komt naast haar op het picknickkleed zitten. ‘Volgens mij heb jij net zo’n rare zomer als ik. Wij zijn deze vakantie ook thuisgebleven, alleen niet vanwege een verhuizing.’ Hij zegt het zo geheimzinnig, dat Martje nieuwsgierig vraagt: ‘Waarom dan?’
De jongen slaakt een zucht. ‘Omdat ik een broertje heb gekregen vier weken geleden, vandaar ...’
‘Een broertje?’ roept Martje verrast. ‘Daar zou ik wel tien vakanties voor willen inleveren.’ De jongen begint te lachen. ‘Grapje, ik vind het helemaal niet vervelend. Bovendien zit ik daardoor op gitaarles!’
Hij vertelt dat hij iets mocht uitkiezen om tijdens deze zomervakantie te doen; hij heeft gitaarles gekozen. Een maand lang krijgt hij elke dag een uur les. Verder vertelt hij dat hij Laurens heet en zijn nieuwe broertje heet Christiaan.
Martje vertelt natuurlijk over haar vakantiebaantje bij Victorien en ook dat ze waarschijnlijk gaat modelzitten. Laurens lacht, maar tegelijk is hij ook een beetje jaloers. Hij zou ook best geld willen verdienen, zegt hij. ‘Ik wil een gitaar van mezelf, deze heb ik in bruikleen van de muziekschool. Stel je voor

dat ik op de einduitvoering een eigen instrument zou hebben, fantastisch!'
Terwijl hij zit te praten, eet hij achter elkaar de schaal met appelpannenkoek leeg. 'Sorry,' zegt hij grijnzend, terwijl hij over zijn buik wrijft. 'Trouwens, waar wil jij jouw inkomsten voor gebruiken?'
Martje weet niet wat ze moet antwoorden. 'Eigenlijk ...' begint ze aarzelend.
Op dat moment klinkt er vanaf het plein een bekende stem die keihard roept: 'Martje!!' Het is haar moeder, die met een fiets volgeladen met boodschappentassen naar haar toe komt lopen.
Marianne kijkt eerder verbaasd dan boos, maar haar stem klinkt toch verontwaardigd als ze achterelkaar vragen stelt: 'Zit jij hier zomaar op straat dingen te verkopen? Waarom heb je daar helemaal niets over verteld? Wat bezielt je?' Laurens krabbelt overeind, pakt zijn skateboard en wil weglopen, maar Marianne zegt: 'Blijf gerust hier; het was helemaal de bedoeling niet jou weg te jagen. Alleen begrijp ik hier volstrekt niets van.' Vervolgens stelt zij Martje dezelfde vraag als Laurens een paar minuten geleden: 'Waarom heb je opeens zoveel geld nodig? Wat zijn je plannen?'
Dan flapt Martje er gewoon het eerste uit wat in haar opkomt: 'Ik wil een skateboard kopen!'
'Een skateboard?' roepen Marianne en Laurens tegelijk.

......

10. Modelzitten

Martje zit op een hoge kruk tegenover Victorien. Geen van beiden zegt een woord. Het zo stil in de kamer dat Martje de ademhaling van Victorien kan horen en het krassen van haar potlood over het tekenpapier. Martje durft niet te bewegen, maar ze kan eenvoudig niet langer stilzitten. Het lijkt of ze al een eeuwigheid aan het poseren is. Vanuit haar ooghoeken kan ze precies de klok zien aan de andere kant van de kamer: er zijn pas zeventien minuten voorbij. Met een schokje gaat ze rechtop zitten. Ze probeert aan iets vrolijks te denken, maar haar gedachten gaan terug naar de mislukte limonadeverkoop van eergisteren. Ze heeft ondertussen een stuk minder geld overgehouden dan tevoren. Dat schiet bepaald niet op!

Toen ze naderhand thuiskwam met haar tassen vol spullen heeft ze nog ruzie gekregen met haar moeder!

Marianne begon tamelijk enthousiast. 'Goed bedacht, Martje, om een skateboard aan te schaffen. Dit is er een ideale omgeving voor!' Maar daarna begon ze te mopperen. 'Alleen begrijp ik niet waarom dat allemaal zo stiekem moest gebeuren. Dat vind ik toch zo kinderachtig!'

'Kinderachtig, hallo! Ik hoef niet alles aan jullie te vertellen,' riep Martje onvriendelijk terug. En toen

had je de poppen natuurlijk aan het dansen!
Martje zucht.
'Vind je poseren lastig?' vraagt Victorien. 'Een klein beetje bewegen mag best. Ik ben geen officieel portret aan het maken, ik probeer vooral allerlei verschillende gezichtsuitdrukkingen te schetsen. Kom anders in deze leunstoel zitten, een gemakkelijke houding voelt natuurlijker.'
Martje zit nu veel dichter bij Victorien. Het is moeilijk om haar ogen te ontwijken. Daardoor weet ze helemaal niet meer hoe ze moet kijken. Om de stilte te doorbreken, begint ze te praten. 'Ik hou eigenlijk niet van tekenen,' vertelt ze. 'Het wordt altijd anders dan ik bedoelde.'
'Dat is gewoon een kwestie van oefenen, dat heb ik ongeveer vijftig jaar langer kunnen doen dan jij,' zegt Victorien. 'Wat zijn jouw liefhebberijen, of favoriete bezigheden?'
Hierop kan Martje gemakkelijk antwoord geven: 'Het allerliefst doe ik jazzballet en turnen, dat vind ik fantastisch! Ik zit al drie jaar op les samen met Yasmilla en Annemiek, mijn beste vriendinnen. Maar ze zijn allebei de hele vakantie weg en pas in september beginnen onze lessen weer.' Martje zucht nogmaals. Ze vraagt zich af hoe ze het zo'n lange tijd zonder haar vriendinnen moet uithouden.
Victorien knikt begrijpend: 'De meeste kinderen uit deze buurt zullen met vakantie zijn.'
'Eentje niet in ieder geval!' Martje vertelt over Laurens en zijn gitaarlessen en daarna over haar limonadekraam. Zomaar opeens wordt het een grap-

pig verhaal: dat ze maar één betalende klant heeft gehad; dat Laurens álle appelpannenkoeken heeft opgegeten en hoe ze naderhand naar huis terugging met vijf volle limonadeflessen en bijna vijftig kartonnen bekertjes, genoeg voor een verjaardagspartijtje! Victorien lacht hartelijk met haar mee.
Terwijl ze zitten te praten, komt Goliath in een soort tijgersluipgang de kamer binnen. Ergens midden op de vloer ploft hij als een kussen neer. Victorien kijkt even opzij. 'Luilak!' glimlacht ze, en ze gaat weer verder met haar tekenwerk, maar Martje merkt opeens dat er iets niet klopt. Goliaths ogen zijn halfopen en hij trekt op een eigenaardige manier met zijn achterpoten. 'Het lijkt wel of Goliath zich niet lekker voelt,' zegt ze voorzichtig.
'Heeft hij weer kuren?' vraagt Victorien lachend terwijl ze zich omdraait, maar als ze de kater ziet liggen, schrikt ze. 'Dat is inderdaad niet goed!'
Ze komt overeind en zet twee snelle stappen zonder krukken; dan staat ze stil. 'Verdorie, dit kan ik echt niet. Mijn benen werken vandaag nog minder mee dan gisteren!'
Martje is al uit haar stoel gesprongen en ze knielt neer naast de kater. 'Zal ik hem optillen en op de tafel leggen, dan kun jij kijken wat er aan de hand is. Of vindt hij dat niet goed?'
Victorien haalt haar schouders op. Ze ziet er onverwacht hulpeloos uit. Heel langzaam zakt ze terug op haar stoel. Met een armzwaai veegt ze haar tekenspullen opzij om een vrije plek op de tafel te maken. Een beetje aarzelend pakt Martje Goli-

ath vast en behoedzaam tilt ze hem op. Hij is veel lichter dan ze gedacht zou hebben voor zo'n groot beest. Voorzichtig houdt ze hem vast, maar ze hoeft nergens bang voor te zijn, want hij reageert nauwelijks. Ook op de tafel blijft hij bewegingloos liggen, alsof hij uitgeput is. Alleen wanneer Victorien zorgvuldig zijn poten betast, tilt hij zijn kopje op en miauwt klaaglijk.

'Zo doet hij anders nooit. Volgens mij heeft hij pijn, maar ik kan niets bijzonders ontdekken.'

Victorien kijkt bezorgd: 'Ik bel meteen de dierenkliniek.' Gejaagd bladert ze in een notitieboekje op zoek naar het juiste telefoonnummer. Onrustig trommelt ze met haar vingers op het tafelblad, terwijl ze uitlegt hoe de situatie van Goliath is. 'De dierenarts wil hem meteen onderzoeken, dus ik zal direct een taxi bestellen,' zegt ze als het telefoongesprek afgelopen is.

Dat blijkt lastig. 'Duurt het langer dan een uur? Het is maar zo'n een klein ritje. De dierenkliniek is hier vlakbij!' hoort Martje haar uitroepen. Met een klap legt Victorien de telefoon op de tafel.

'Voorlopig is er geen taxi beschikbaar, dus ik moet iets anders bedenken,' zegt ze nerveus. 'Ik zou niet weten wie ik op dit moment kan vragen ... Zo ongelukkig dat dit nú gebeurt, anders was ik meteen gaan lopen!'

Martje wordt zelf ook zenuwachtig. Zou Goliath zomaar opeens kunnen doodgaan? Had ik maar niet zo onhebbelijk tegen hem gedaan, denkt ze. Ze zou willen helpen, alleen kent ze hier niemand met een

auto. Behalve haar vader, maar die neemt hem altijd mee naar zijn werk.
'Als de dierenkliniek zo dichtbij is, kan ík Goliath misschien brengen,' bedenkt ze. 'Met de fiets gaat dat gemakkelijk, als ik het reismandje op de bagagedrager vastmaak!'
Eerst zegt Victorien: 'Onmogelijk, geen sprake van, een ziek dier achter op de bagagedrager.' Maar meteen daarna aarzelt ze. 'Gewoon lopend, zou je dat eventueel aandurven? Ik heb een reismandje met een schouderriem, dus het gewicht is geen probleem. Dan kan de dierenarts Goliath binnen vijftien minuten bekijken; langer duurt de wandeling niet.' Ze lacht grimmig: 'Tenminste, als jouw benen het beter doen dan de mijne!'
'Aandurven ...' zegt Martje, en ze haalt haar schouders op. 'Waar staat dat reismandje?'

11. De dierenkliniek

Er zitten twee andere mensen in de wachtkamer als Martje de dierenkliniek binnenkomt: een man en een meisje van Martjes leeftijd. Voor de voeten van de man ligt een grote herdershond, het meisje heeft een kartonnen doos op haar schoot. Allebei kijken ze afwachtend naar Martje, die met het reismandje in haar armen in de deuropening blijft staan. Als zij 'Hallo' heeft gezegd, zeggen beiden haar goedendag. Ook de hond blaft in haar richting. Die ziet er niet bepaald ziek uit.
Martje zoekt een zitplaats zo ver mogelijk bij de herdershond vandaan, want je weet maar nooit: honden en katten bij elkaar. Ze gaat naast het meisje zitten. Pas dan merkt ze dat de hond gewoon aan zijn riem vastzit.
Ze zet het reismandje naast zich neer en doet het klepje open. Goliath ligt languit op de bodem. Hij beweegt zijn kopje als Martje hem voorzichtig aanraakt, maar hij maakt geen enkel geluid. Martje slaakt een zucht van opluchting. 'Gelukkig!' zegt ze tegen het meisje naast haar. 'Hij leeft nog. Ik stond doodsangsten uit onderweg, want ik hoorde helemaal niets!'
'Is dat jouw poes?' vraagt het meisje. Ze buigt voorover om Goliath te bekijken.
'Kater!' zegt Martje. 'Het is de kater van onze buur-

vrouw.' Ze kijkt in de schoenendoos die het meisje op haar schoot heeft. 'Is dat jouw hamster?'
Het meisje grinnikt: 'Verkeerd geraden: Knabbel is de hamster van mijn buurmeisje!' Ze kijken elkaar aan en moeten allebei lachen. 'Echt waar?' vraagt Martje ongelovig.
Voordat het meisje daarop antwoord kan geven, is de dierenarts de wachtkamer binnengekomen. Ze werpt een blik op het reismandje van Martje en vraagt: 'Is dit Goliath van mevrouw Hartman?'
Martje springt meteen van haar bankje, maar de dierenarts zegt: 'Nee, je bent nog niet aan de beurt. Ik kom eerst Banjer halen, Banjer van mijnheer Sluyters.' De man staat op. 'Kom, Banjer,' zegt hij, maar zijn hond blijft stokstijf zitten. Tot drie keer herhaalt de man zijn vraag, eerst vriendelijk, daarna kortaf en geërgerd. Uiteindelijk trekt hij zijn tegenstribbelende hond aan zijn riem mee de spreekkamer in.
'Ik ben blij dat ík geen hond heb,' zegt het meisje als de twee verdwenen zijn, maar Martje reageert daar niet op. Ze is vooral nieuwsgierig, want het is wel bijzonder toevallig dat hier nog iemand met een huisdier van zijn buren zit. 'Waarom moet jij met die hamster naar de dierenarts?' vraagt ze.
'Omdat Knabbel ziek is en de hele familie naar Frankrijk is vertrokken!' antwoordt het meisje lachend. 's Zomers verzorg ik altijd hun hamsters, ook de huisdieren van een aantal andere kennissen trouwens, want wij gaan nooit met vakantie, tenminste niet 's zomers ...'

'Nooit op vakantie?' roept Martje uit. 'Vind je dat niet afschuwelijk? Ik vind één zomer zonder vakantie al rampzalig. Iedereen is vertrokken en ik verveel me gewoon dóód!'
Sanderijn, zo heet het meisje, heeft daar absoluut geen last van. Haar ouders hebben een bedrijf met rondvaartboten, vertelt ze. De zomer is de drukste periode, dus het is logisch dat zij niet met vakantie kunnen. Sanderijn verveelt zich geen moment: ze verzorgt in vijf verschillende huizen de achtergebleven huisdieren.
'Wel een aparte manier om geld te verdienen!' vindt Martje.
'Geld verdienen ...' zegt Sanderijn, 'daar doe ik het beslist niet voor. Het is gewoon ontzettend leuk! Ga maar eens mee als ik mijn oppasronde maak, dan kun je het zelf zien!'
Op dat moment komt de dierenarts Knabbel ophalen. Jammer, want Martje en Sanderijn zijn nog lang niet uitgepraat! Gelukkig hoeft Martje niet lang alleen te wachten: Sanderijn is snel terug in de wachtkamer. 'Knabbel was helemaal niet ziek!' zegt ze vrolijk, 'Zijn tanden waren alleen te lang doorgegroeid; daarom kon hij niets meer eten!'
Terwijl Martje met de dierenarts de spreekkamer in loopt, roept Sanderijn: 'Succes met Goliath. Ik wacht op je, dan kunnen we misschien iets afspreken!'
De dierenarts vraagt eerst of Martje zeker weet of ze bij het onderzoek wil blijven. 'Je mag ook in de wachtkamer wachten,' zegt ze. 'Ik heb uitgebreid

inlichtingen van mevrouw Hartman gekregen en bovendien ken ik Goliath goed genoeg!' Maar Martje wil de kater op dit moment niet alleen laten. Ze gaat dicht bij de behandeltafel staan en kijkt hoe de dierenarts Goliath onderzoekt, terwijl haar assistent hem vasthoudt: zijn pootjes, zijn lijfje, zijn kopje, ze schijnt in zijn ogen en kijkt in zijn bekje ... Niets wordt overgeslagen.
Goliath ondergaat het allemaal gewillig. Hij blijft rustig en stribbelt niet tegen. Martje kan niet inschatten of dit een goed of juist een slecht teken is. Zelf zou ze zich zo'n onderzoek niet zo kalmpjes laten welgevallen!
Na enkele minuten zegt de dierenarts: 'Volgens mij heeft onze Goliath geluk gehad. Hij moet aangereden zijn, maar ik kan niets vinden wat op een breuk of een scheurtje duidt. Hij heeft waarschijnlijk een behoorlijke oplawaai gekregen: al zijn spieren zijn verstijfd. Die zullen behoorlijk pijnlijk zijn, maar zoals de meeste dieren weet hij zelf wat op dit ogenblik het beste voor hem is: zich zo rustig mogelijk houden. Vermoedelijk zal hij binnen enkele dagen opknappen. Zo niet, dan moeten er röntgenfoto's gemaakt worden, maar voorlopig laten we het hierbij. Ik zal zelf contact opnemen met mevrouw Hartman, maar voor jou is het alvast prettig om te weten.'
Martje is natuurlijk opgelucht en blij dat Goliath niets ernstigs mankeert, vooral voor Victorien, maar één ding snapt ze eerlijk gezegd niet. 'Hoe kunt u weten dat hij is aangereden als er niemand bij is

geweest? Misschien is hij van een dak gevallen of iets dergelijks?'
De dierenarts lacht: 'Zo raadselachtig is dat niet. Je kunt het meestal aan de nagels van een kat zien wanneer hij is aangereden. Katten zetten zich schrap op de een of andere manier. Dan zie je dat hun nagels volkomen zijn afgesleten door het asfalt.' Ze laat een achterpootje van Goliath zien: 'Kijk, deze nagel is zelfs finaal afgebroken, maar dat is niet ernstig. Zoals gezegd: met voldoende rust is Goliath binnenkort weer helemaal de oude. Over een weekje zie ik hem graag terug.'
De assistent houdt de deur voor Martje open als zij met Goliath in de reismand de spreekkamer uit loopt. In de wachtruimte zit Sanderijn zoals beloofd op haar te wachten.
'Goed bericht?' vraagt ze.
Sanderijn loopt met Martje terug naar het huis van Victorien. Allebei zijn ze vrolijk en opgelucht. Ze hebben ontzettend veel plezier met elkaar. Het is bijna jammer dat ze zo vlug bij Victorien aankomen. Daarom ze spreken af dat ze elkaar gauw zullen opbellen.

12. Een skateboard

Nadat Martje Goliath heeft verzorgd, loopt ze achterom terug naar haar eigen huis. Ze heeft in de woonkamer bij Victorien een gezellig slaapplekje voor de kater ingericht met kussens en een zacht wollen dekentje. Vlak daarnaast staan het bakje met kattenbrokjes en een kommetje water. Martje heeft ook de kattenbak binnen neergezet, zodat Goliath voorlopig niet naar buiten hoeft. Hij ligt prinsheerlijk in zijn poezenbed uit te rusten. Martje heeft hem stiekem een beetje geaaid en geknuffeld. Goliath maakte niet eens bezwaar!
Ze heeft er bovendien een klusje bij gekregen: voorlopig, totdat Goliath volledig hersteld is, komt ze hem elke dag verzorgen en de kattenbak verschonen.
Alles is dus feitelijk prima afgelopen, maar toch heeft Martje geen tevreden gevoel over het geheel. Natuurlijk heeft ze weer een envelopje meegekregen; deze keer zit daar veel meer geld in dan ze verwachtte. Victorien heeft niet alleen betaald voor het modelzitten, maar ook voor haar bezoek aan de dierenarts.
'Dat was helemaal de bedoeling niet,' sputterde Martje tegen, toen Victorien het envelopje aan haar overhandigde. 'Ik wilde gewoon helpen!'
'Maar je hebt het verdiend, en ik blijf het herhalen:

afspraak is afspraak!' antwoordde Victorien. 'Ik ben zo opgelucht dat Goliath niets ernstigs mankeert. Je hebt ontzettend lief geholpen. Daarom heb ik er wat extra's in gestopt, een bonus!'
'Vooruit, des te eerder heb ik die vijfhonderd euro bij elkaar gespaard!' mompelt Martje terwijl ze hun tuin in loopt. Haar vader en moeder zitten onder de appelboom thee te drinken. Het ziet er vakantieachtig uit.
'Wat doe jij thuis?' vraagt Martje verontwaardigd aan haar vader. 'Ik dacht dat je naar je werk was!'
Jochem pakt Martje beet en trekt haar op schoot. 'Kleine druktemaker!' zegt hij. 'Ik was werkelijk naar mijn werk, maar mijn plannen zijn veranderd!'
'Laat me gaan!' roept Martje half lachend. Ze probeert zich los te worstelen, maar haar vader heeft haar vast in een houdgreep. 'Ik wil wat tegen je zeggen voordat je er weer vandoor gaat: Victorien heeft opgebeld en verteld wat er voorgevallen is. Een geluk bij een ongeluk dat jij toevallig bij haar was vanmorgen. Ik ben apetrots op mijn dochter, die zo zelfstandig is. Kom even bij ons zitten en vertel! Je moeder heeft weer zo'n overheerlijke appeltaart gebakken.'
'Goed, als je me tenminste loslaat!' zegt Martje.
Marianne schuift een flink stuk appeltaart op een schoteltje en duwt dat in Martjes handen. 'Vraag je niet aan Jochem waarom hij vanmiddag vrij heeft genomen?' Ze kijkt geheimzinnig.
'Waarom, is er iets bijzonders?' vraagt Martje. Ze neemt een grote hap appeltaart, want ze heeft hon-

ger gekregen langzamerhand.
'Omdat ...' antwoordt Jochem geheimzinnig, 'omdat we de lievelingswens van onze dochter in vervulling wilden laten gaan, daarom.' Hij staat op en loopt de tuin door, het huis in. Vrijwel meteen komt hij terug met een enorm pakket in zijn handen.
Lievelingswens ... Martje zet haar gebakschoteltje terug op de tuintafel. Ze heeft geen flauw idee wat haar vader bedoelt, maar als ze het pakket in haar handen heeft, krijgt ze opeens een voorgevoel. De moed zakt haar in de schoenen. Laat het alsjeblieft niet waar zijn, denkt ze.
Haar ouders kijken haar verwachtingsvol aan. 'Je mag het wel openmaken!' spoort haar vader haar aan.
Martje trekt het papier eraf en er zit inderdaad in wat ze zojuist vermoedde: een spiksplinternieuw skateboard. Daarna krijgt ze van Marianne nog een pakket in haar handen geduwd waar pols- en kniebeschermers uit komen.
Opeens schaamt Martje zich ontzettend. 'M.. maar ...' stottert ze.
Haar ouders vatten haar gesputter heel anders op. Jochem lacht en zegt plagend: 'Wat een verrassing, hè Martje? Je bent er verlegen van; zo kennen we je helemaal niet!'
Marianne omhelst Martje stevig en fluistert: 'Lieve schat, het is zo'n rare zomer voor jou. Daarom hebben we besloten jouw lievelingswens te vervullen! Nu kun je eindelijk genieten van je vakantie hier in deze nieuwe buurt!'

Nog altijd weet Martje niets te zeggen. Onder het toeziend oog van haar ouders bindt ze de beschermers om haar polsen en knieën. Ze plooit haar mondhoeken tot een glimlachje: 'Ik ... ik vind het fantastisch, dankjewel allebei. Ik ga hem meteen uitproberen op het skatepleintje verderop!' Dan vlucht ze de tuin uit.

Terwijl ze door de gangetjes achter de tuinen naar het skatepleintje holt, is ze nog steeds verward en verontwaardigd. Jochem en Marianne begrijpen er niets van, geen van tweeën: dit was de bedoeling niet. Ze hoeft absoluut geen skateboard. Dat was alleen een smoesje, een leugen! Ze wil alleen maar geld verdienen zodat ze eindelijk haar schuld kan afbetalen, maar hoe maakt ze dat duidelijk zonder zichzelf te verraden?

Maar als ze is aangekomen op het skatepleintje en één voet op het skateboard gezet heeft, is haar boosheid verdwenen: dit is ontzettend leuk! Eerst stept ze alleen op haar skateboard: een lastige step, zonder stuur. De wieltjes willen telkens een andere kant op dan zijzelf, dus ze valt verschillende keren, maar daarvoor is ze niet bang. Vallen heeft ze met turnen geleerd.

Er is verder niemand op het pleintje, dus ze kan oefenen zonder met iemand anders rekening te hoeven houden. Al snel lukt het om eventjes met twee voeten tegelijk op het skateboard te blijven staan en zo wat bij te sturen. Steeds harder durft ze. Ze krijgt het warm en voelt haar haren wapperen in de wind.

'Hé Martje!' hoort ze plotseling. Het is Laurens, die met zijn skateboard het pleintje op komt rijden. Als hij vlakbij is, springt hij met board en al een stukje omhoog en komt daarna keurig met beide voeten weer op zijn skateboard terecht. Dan staat hij stil.
'Wat een mooi skateboard! Waar haal jij dat opeens vandaan? Ik dacht dat je nog bijna geen geld had verdiend!'
'Geluksvogel!' zegt hij, als Martje vertelt dat ze het skateboard zomaar heeft gekregen.
'Als je wilt, zal ik je een paar tricks leren, zo noemen ze de verschillende trucjes bij het skaten. Maar dan moet je eerst goed genoeg kunnen rijden.' Hij glijdt van haar vandaan en maakt weer net zo'n kunstige sprong als tevoren.
'Dit is de *ollie*, de basistrick; die kun je ook gewoon stilstaand beginnen te oefenen.'
Laurens geeft Martje allerlei handige aanwijzingen: hoe ze haar voeten moet neerzetten, hoe ze haar houding kan verbeteren ... Ze oefenen tot Laurens een torenklok hoort slaan. Hij schrikt: 'Ik moet weg, anders ben ik te laat voor gitaarles, maar zullen we morgenvroeg weer afspreken?'
'Later misschien, voorlopig heb ik geen tijd!' zegt Martje spijtig, 'Ik moet eerst Victorien helpen met Goliath en verder kan ik niets afspreken, want ik moet een manier bedenken om extra geld te verdienen.'
'Hoezo?' vraagt Laurens. 'Je hebt dat skateboard toch?' Maar daar geeft Martje geen antwoord op.

13. Bijna honderd euro

'Klaar!' zegt Victorien. Ze legt de tekenstift waarmee ze heeft zitten werken terug in het kistje. 'Wil je nu alle tekeningen op de grond uitspreiden, zodat ik kan zien wat ik de afgelopen weken vervaardigd heb?'

Martje springt opgelucht van de kruk waarop ze het laatste halfuur heeft gezeten. Natuurlijk is ze benieuwd naar de tekeningen die Victorien heeft gemaakt. Langzamerhand is dat een behoorlijke stapel geworden, maar Martje heeft er nog niet één van gezien.

Ze spreidt de tekenvellen uit op de vloer, naast en onder elkaar, zodat Victorien ze allemaal tegelijk kan bekijken. Dan doet ze een paar stappen achteruit.

Eerst schrikt ze: bijna vijftig rare, misvormde gezichten kijken haar vanaf de vloer met bozige blikken aan. Martje werpt een vlugge blik op Victorien, maar die bestudeert haar eigen maaksels zo aandachtig dat ze de reactie van Martje helemaal niet opmerkt.

Martje snuift, slaat haar armen over elkaar en bekijkt opnieuw al die uitbeeldingen van haar gezicht. Plotseling gebeurt er iets grappigs: het lijkt alsof de tekeningen over elkaar heen schuiven tot een soort film. Martje knippert met haar ogen. Opeens is er

niets monsterachtigs meer aan het gezicht op de tekeningen te ontdekken. Ze is het gewoon zelf: boos, blij, bang ... allemaal tegelijk.
'Vind je het geslaagd?' vraagt Victorien na een tijdje. Martje haalt haar schouders op, terwijl ze ondertussen nadenkt over een duidelijk antwoord, want grappig of vreemd zijn niet de juiste woorden hiervoor. 'Apart,' zegt ze dan. 'Ik begrijp er eigenlijk niets van!'
'Uitstekend!' antwoordt Victorien tevreden, en dat snapt Martje nog veel minder.
'Moet ik morgenochtend terugkomen?' vraagt ze, terwijl ze de tekeningen weer op een stapel legt, maar Victorien zegt: 'Het was fantastisch om je zo uitgebreid te kunnen portretteren; ik heb er veel van geleerd. Ik heb namelijk nog nooit eerder kinderen getekend. Maar voorlopig kan ik met deze tekeningen vooruit. Ik heb hierdoor een heleboel nieuwe ideeën gekregen. Verder hoop ik dat onze afspraak gewoon blijft doorgaan. Ben je het daarmee eens?'
'Ja, maar ...' zegt Martje. Ze weet niet wat ze hiervan moet denken. Gaandeweg is ze de uurtjes modelzitten steeds fijner gaan vinden. Het is prettig om met Victorien te praten. Zij luistert echt naar wat Martje te vertellen heeft, zonder dat ze telkens haar eigen mening geeft. Jammer als dat plotseling afgelopen zou zijn ...
''s Morgens moet ik natuurlijk wel voor Goliath komen zorgen!' bedenkt Martje, maar ook daar heeft Victorien een ander idee over. 'Nu de dierenarts

......

heeft gezegd dat Goliath volledig is hersteld, moet onze kleine pasja langzamerhand weer zelfstandiger worden,' zegt ze. 'Eigenlijk hoeft hij nergens meer mee geholpen te worden.'
Natuurlijk weet Martje dat Victorien gelijk heeft: je merkt gewoonweg niet meer dat Goliath nog maar kort geleden zo'n enorme opdoffer heeft gehad. Hij eet en drinkt weer zoals tevoren, en verder beweegt hij zich ook normaal. Maar het is duidelijk dat hij geniet van alle aandacht, en eerlijk gezegd beleeft Martje minstens zo veel plezier aan zijn verzorging.
'Dus je bedoelt dat ik vanaf morgen niet meer moet komen voor de kattenbak en zo?' vraagt ze teleurgesteld.
'Die kattenbak gaat vandaag nog terug naar buiten!' zegt Victorien beslist. 'Het heeft allemaal lang genoeg geduurd. Als we doorgaan met Goliath zo te vertroetelen, wordt hij een akelig verwend beest!'

Naderhand, terug op haar eigen slaapkamer, gooit Martje het envelopje leeg in de trommel die ze speciaal daarvoor gebruikt. Ze rekent uit hoeveel ze de afgelopen tijd heeft verdiend en ze is verrast over het bedrag: € 92,50, bijna honderd euro! Zo veel geld heeft ze van haar levensdagen nog niet bij elkaar gehad. Maar haar gevoel van blijheid zakt als een pudding in elkaar zodra ze bedenkt dat ze nog vierhonderd euro erbij moet sparen om aan het totaal van vijfhonderd te komen. Als Victorien haar niet meer nodig heeft voor Goliath of om te poseren, gaat het ellenlang duren voordat ze dat

bij elkaar heeft verzameld. Bovendien heeft ze nog maar drieënhalve week vakantie. Hoe kan ze in zo'n korte periode op een andere manier geld verdienen?
'Martje?' Haar slaapkamerdeur gaat open en Marianne komt binnenlopen. 'Lieverd, wil je een boodschapje doen? Tante Annabel heeft opgebeld dat ze komt theedrinken, dus ik wilde appelflapjes maken. Maar nu ontdek ik dat de suiker helemaal op is!'
'Kan ik daar wat mee verdienen?'
Martjes vraag is gesteld voordat ze erover heeft nagedacht, maar op hetzelfde moment vindt ze het een fantastisch idee. Ze moet thuis dikwijls ergens mee helpen. Als ze daarvoor betaald kan worden, gaat het haar misschien alsnog lukken dat grote bedrag bij elkaar te verdienen!
Marianne vindt het blijkbaar een minder geslaagd plan. Ze kijkt Martje verontwaardigd aan: 'Wat is er in vredesnaam met jou aan de hand om geld daarvoor te vragen? Je staat met een trommel boordevol euro's in je handen, je hebt een superdeluxe skateboard gekregen en nog is het niet voldoende. Ik vind het verschrikkelijk hebberig!'
'Zo bedoelde ik het allemaal niet!' protesteert Martje, maar Marianne neemt daar geen genoegen mee. 'Leg mij dan eens uit hoe je zoiets bedoelt,' zegt ze nijdig. 'Je lijkt langzamerhand een geldwolf!'
Even later fietst Martje richting supermarkt, kwaad op alles en iedereen. Een geldwolf, wat kinderachtig van haar moeder om dat te zeggen. Bovendien is het absoluut niet waar: ze is geen geldwolf. Ze moet alleen een manier bedenken om zo vlug mogelijk

haar schuld af te kunnen betalen ...
'Hallo, uitkijken!!' klinkt een schreeuw. Martje schrikt op uit haar gedachten, en ze ziet een knalroze fiets recht op zich af komen. Ze maakt een zwenking en gaat vol op haar rem staan. Met luid kloppend hart komt ze tot stilstand, juist voordat de fietser tegen haar aan botst. Dan ... staat ze oog in oog met Sanderijn, die net zo erg geschrokken is als zijzelf. Na een seconde stilte barsten ze allebei in lachen uit: wat toevallig!
'Eindelijk tijd om mee te gaan naar mijn oppasdieren?' vraagt Sanderijn. Ze rammelt met een sleutelbos die aan een koordje om haar hals hangt. Maar ook deze keer moet Martje nee zeggen, spijtig genoeg.
Als ze haar weg naar de supermarkt vervolgt, is ze toch een stuk opgewekter. Sanderijn heeft beloofd dat ze, nadat ze alle dieren verzorgd heeft, direct naar het skatepleintje zal komen.
En weet je wat ... bedenkt Martje verder, ze gaat straks een mooie bos bloemen voor haar moeder kopen. Dat kan wel van haar spaargeld af, en dan kan Marianne meteen zien dat Martje niet zo'n verschrikkelijke geldwolf is als zij denkt!

14. Het hele verhaal

Sanderijn is jammer genoeg nog niet op het skatepleintje als Martje aankomt. Laurens ziet ze ook nergens. Spijtig, dan moet ze in haar eentje oefenen.
Rijden en remmen op haar skateboard gaat Martje ondertussen tamelijk gemakkelijk af. De eerste trick, de *ollie*, begint ze ook onder de knie te krijgen. Maar de ingewikkeldere *nollie*, de *kickflip* en allerlei andere tricks die Laurens moeiteloos uitvoert, lukken nog bepaald niet.
Vanmiddag kan Martje zich niet goed concentreren op haar sprongen. Telkens kijkt ze rond of Sanderijn er al aan komt. Daardoor valt ze vaker dan anders. Ze ligt juist languit achterover op de tegels als ze een vrolijke stem hoort roepen: ‘Leef je nog?’
Sanderijn komt het pleintje op fietsen, stalt haar fiets tegen een afvalbak en holt naar Martjes skateboard. ‘Ik heb nog nooit op zo’n ding gestaan. Mag ik het proberen?’
Martje krabbelt overeind, wrijft het zand van haar spijkerbroek en geeft Sanderijn aanwijzingen hoe ze moet beginnen. Gillend en lachend staat Sanderijn op het skateboard. Eigenlijk durft ze niet goed, met als gevolg dat ze juist telkens valt. Uiteindelijk stoppen ze maar. Ze lopen naar het speeltuintje verderop aan de andere kant van het skatepleintje.

Daar proberen ze achtereenvolgens de wipkip, de schommel en de glijbaan. Uiteindelijk klimmen ze boven op het speelhuisje. Ze zijn allebei nog steeds een beetje lacherig.
Sanderijn vertelt over Knabbel de hamster, die helemaal is opgeknapt en letterlijk alles opeet wat hij tegenkomt. Martje probeert uit te leggen wat voor vreemde portretten Victorien tekent.
Opeens wijst Sanderijn naar het skatepleintje: 'Kijk, daar is Laurens met zijn skateboard!'
Martje draait zich om. Laurens is aan het springen: de *kickflip*, waarbij hij zijn skateboard in de lucht een rondje laat draaien. Het lijkt of hij danst. Het ziet er veel gemakkelijker uit dan het in werkelijkheid is.
Even zit Martje ademloos toe te kijken, dan vraagt ze: 'Hoezo ken jij Laurens?'
'Nogal logisch, hij zit bij ons op school!' antwoordt Sanderijn. 'Iedereen kent hem, omdat hij echt altijd zijn skateboard bij zich heeft.' Ze gaat op haar knieën zitten en schreeuwt: 'Oehoe, Laurens!' Ze zwaait.
Laurens kijkt niet; hij steekt alleen zijn hand omhoog midden in een sprong. Martje en Sanderijn klauteren van het speelhuisje en hollen naar het skatepleintje. Laurens springt van zijn skateboard.
'Ik had jullie allang gezien, maar jullie waren te druk om mij op te merken!'
Als Martje vraagt om nog wat handige aanwijzingen, zegt hij: 'Dat wordt een andere keer, want vandaag moet ik babysitten! Mijn moeder heeft

om halfvier een afspraak bij de tandarts, en ik heb beloofd om op mijn broertje te passen.'
'Ik vind baby's zó schattig!' roept Sanderijn. Martje vraagt: 'Durf je dat, zo'n pasgeboren baby'tje verzorgen? Ikzelf zou doodsbenauwd zijn om iets verkeerds te doen, dat ik hem zou laten vallen bijvoorbeeld!'
'Durven ... eigenlijk is het niet moeilijker dan het verzorgen van een zieke kater!' lacht Laurens. 'Maar eerlijk gezegd hoef ik bijna niets te doen: Chrissie slaapt vrijwel de hele middag, en als hij wakker wordt om te drinken is mijn moeder alweer terug! Maar als jullie kleine kinderen zo schattig vinden, mogen jullie best meekomen om te kijken.'

De moeder van Laurens staat al te wachten als zij aankomen. 'Ik ga meteen,' zegt ze gehaast, 'anders wordt het te laat voor jouw gitaarles!' Terwijl ze de deur uit loopt, zegt ze: 'Vergeet niet iets lekkers in te schenken voor je vriendinnen. Er staat sinaasappelsap in de koelkast!' Dan fietst ze weg.
'Sinds wanneer zit jij op gitaarles?' vraagt Sanderijn als ze met z'n drieën aan de keukentafel zitten.
'Pas sinds deze vakantie, maar het gaat fantastisch!' Laurens vertelt enthousiast over zijn vorderingen.
'Speel eens een liedje!' vraagt Martje, en ook Sanderijn dringt aan, maar Laurens weigert.
'Over een tijdje misschien, als ik meer geoefend heb!' zegt hij. 'Mijn moeder vindt dat ik op de BBB-dag een demonstratie zou moeten geven, maar dat ga ik ook niet doen! Over een paar weken is de

einduitvoering van de muziekschool. Dat lijkt me al heftig genoeg!'
'Heb je uiteindelijk geld genoeg om een nieuwe gitaar te kopen?' vraagt Martje nieuwsgierig. 'Genoeg geld? Ik heb nog geen cent!' zegt Laurens.
'Waarom vraag je dan geen oppasgeld? Als ik moest babysitten, zou ik dat allang gedaan hebben!' roept Martje uit.
'Af en toe op de baby passen, daar ga ik mijn eigen moeder toch niet voor laten betalen!' De stem van Laurens klinkt verbaasd en een beetje verontwaardigd.
'Hoezo? Je wilde toch zo graag een eigen gitaar hebben. Hoe kun je anders geld daarvoor bij elkaar krijgen? Ikzelf werk me helemaal suf, al bijna drie weken, en ik heb nog niet eens honderd euro verdiend!'
'Honderd euro?!' klinkt het uit twee monden tegelijk. 'Daar kun je allang een gitaar voor kopen!' verzucht Laurens. Sanderijn schudt niet-begrijpend met haar hoofd: 'Vind jij honderd euro weinig, ongelogen?!' Ze kijken alle twee op precies dezelfde manier naar Martje als haar moeder vanmorgen. Geldwolf, denken ze waarschijnlijk.
Martje probeert zich te verdedigen: 'Ik bedoel het anders, ik heb gewoon ontzettend veel geld nodig.' Ze beseft hoe hebberig haar woorden moeten klinken. Daardoor krijgt ze een vervelend gevoel, want ze is helemaal niet egoïstisch! Zonder erover nagedacht te hebben, barst ze opeens los: 'Ik heb iets vreselijk stoms gedaan, dus ik moet wel zo veel

mogelijk verdienen!' Ze vertelt het hele verhaal vanaf het appelgooien en de gebroken vazen, zonder iets over te slaan. Ten slotte zucht ze: 'Zo, hiermee weten jullie alles!' Ze durft de beide anderen niet aan te kijken.
Even blijft het doodstil. Dan zegt Laurens: 'Zit jij even in de problemen!'
Sanderijn fluistert: 'Wat afschuwelijk, vijfhonderd euro, dat krijg je nooit voor elkaar.'
'Dat bedoel ik; dat gaat me niet lukken!' knikt Martje. Toch voelt ze zich stukken beter dan ze zich wekenlang heeft gevoeld.

15. Vervelen?

Tijdens het avondeten vertelt Martje haar ouders over het babybroertje van Laurens.
Toen Laurens' moeder naderhand thuiskwam, hebben Sanderijn en Martje Christiaan allebei mogen vasthouden. Laurens' moeder heeft beloofd dat ze mogen komen kijken als het jongetje in bad wordt gedaan.
Martje verheugt zich. 'Zó schattig!' zucht ze. 'Zullen wij ook een baby nemen?' Haar ouders moeten allebei lachen. 'Jij bent schattig genoeg!' zegt haar vader, terwijl hij aan Martjes paardenstaart trekt.
'Laat los!' Martje duwt de hand van Jochem weg, maar ze moet zelf ook lachen om haar vraag. 'Ik bedoel eigenlijk, dat je je nooit hoeft te vervelen als je een babybroertje hebt ...'
Voordat ze kan uitleggen wat ze daarmee bedoelt, gaat de telefoon. Het is Sanderijn, die vraagt of Martje morgenvroeg eindelijk met haar meegaat als ze de ronde langs haar oppasdieren maakt.
Martje heeft de telefoon nog maar net neergelegd, als die opnieuw overgaat. Nu is het Laurens die met haar wil afspreken, ook morgenochtend. Hij heeft een plannetje, alleen wil hij nu nog niet verklappen waarover het gaat.
Na heel wat heen-en-weer bellen hebben ze een duidelijke afspraak: eerst zullen ze met zijn drieën

de oppasdieren van Sanderijn verzorgen en daarna gaan ze samen naar Martjes huis.
Marianne hoort het allemaal hoofdschuddend aan.
'Waarom kijk je zo eigenaardig?' vraagt Martje.
'Ik hoorde je zojuist iets zeggen over vervelen ...' antwoordt Marianne met een glimlachje. 'Volgens mij zou je niet eens tijd hebben voor een babybroertje.'

Met zijn drieën gaan ze de volgende dag het rijtje oppasdieren langs: eerst krijgen Knabbel en Babbel, de hamsters van de buren, vers voer en water. 'Het slaaphok maak ik vandaag niet schoon,' zegt Sanderijn. 'Dat hoeft maar ongeveer één keer in de week te gebeuren. Ik doe elke dag in een van mijn oppashuizen iets extra's.'
Vervolgens zijn de cavia's Bart en Bommel aan de beurt, de huisdieren van een vriendinnetje. Voor hen geldt hetzelfde: Sanderijn spoelt hun voederbakjes schoon en de dieren krijgen schoon water, speciaal voer en vers hooi. Daarna verzorgt ze de kanaries van een overbuurvrouw en verder laat ze het grote aquarium met tropische vissen in de bovenwoning van haar tante zien. Zulke vissen hoeven maar eens in de drie dagen een portie voer te hebben. Toch gaat Sanderijn daar ook elke dag naartoe. 'Voor de zekerheid!' legt ze uit. 'Ik kijk gewoon altijd of alles in het aquarium in orde is.'
'Nu komt het allerleukste!' zegt Sanderijn als ze gedrieën voor een groot huis staan. 'Daarom heb ik deze voor het laatst bewaard!' Ze wil niet verklap-

pen om welke soort dieren het gaat. Plechtig draait ze de sleutel om in het slot. 'Hier woont namelijk onze meester!' zegt ze deftig.
Eenmaal binnen doet ze echter niet zo gewichtig meer. 'De dieren zitten in hun hok in de achtertuin. Wie er het eerste is!' roept ze. 'Komen jullie nog?' Ze holt de lange gang door. Laurens en Martje kijken elkaar aan. Laurens stalt zijn skateboard onder de kapstok. Daarna hollen ze Sanderijn achterna. Via de achterdeur komen ze op een soort binnenplaatsje, waar een prachtig dierenhok staat: een groot houten bouwsel met daaraan vast een buitenren.
'Konijnen?' vraagt Martje teleurgesteld, want zo bijzonder vindt ze die niet, maar Sanderijn schudt van nee. Ze schuift een gazen deurtje opzij. 'Jongens, jullie mogen buiten spelen!' roept ze. Martje hoort hoge klokkende geluiden en daar komen zomaar twee vreemde vogels naar buiten gewandeld. Het zijn grappige bruingespikkelde diertjes met een enorme bos krullen boven op hun kop. Daardoor kun je hun ogen nauwelijks zien. Deze diertjes reageren helemaal niet schrikachtig zoals vogels meestal doen.
Sanderijn neemt er een in haar armen en geeft een kusje op zijn kop. 'Deze heet Marmaduk,' zegt ze, 'en die andere heet Callie. Pak hem maar gerust, dat vindt hij gezellig!'
'Pók, pok pok!' zegt de vogel als Martje hem optilt, maar hij laat het gewoon gebeuren.
Laurens moet ontzettend lachen. 'Ze klinken het-

zelfde als kippen!' roept hij.
'Het zijn ook kippen: onze meester noemt ze hoenders, maar eigenlijk is dat precies hetzelfde,' vertelt Sanderijn. 'Weet je, we gaan ze straks in bad doen!'
Dat kunnen Martje en Laurens nauwelijks geloven, maar Sanderijn houdt vol dat deze kippen baden lekker vinden. 'Maar eerst mogen ze even rondlopen!' Ze nemen de twee kippen mee naar binnen. Het is inderdaad ongelooflijk hoe die diertjes met zich laten sjouwen. Ze zijn werkelijk nergens bang voor.
Op een gegeven ogenblik zet Laurens er een op zijn skateboard en hij geeft daar een duwtje tegen. De vogel, Marmaduk, zeilt kakelend de lange gang door. Sanderijn roept eerst: 'Niet doen, dat is zielig!', maar als ze ziet dat Marmaduk het leuk vindt, doet ze even hard mee.
De kinderen worden steeds doller. Op het laatst doen ze een wedstrijdje in de gang, wie het snelste is: de kip op het skateboard of zijzelf ...
Dan gebeurt er iets onverwachts: Laurens struikelt, hij botst tegen Martje en ze verliezen allebei hun evenwicht. Sanderijn probeert hen nog op te vangen, maar zij stapt daarbij per ongeluk boven op het skateboard. Dan gaat zij ook onderuit. Ze vallen alle drie op een kluitje tegen de buitendeur. Met een enorme dreun zwiept die dicht. Een fractie van een seconde is het doodstil. Daarna klinkt tegelijkertijd het oorverdovende gekletter van glasscherven, een verschrikte gil van Sanderijn en heftig gekakel van de kippen die ook behoorlijk geschrok-

ken zijn. De grote glazen ruit van de achterdeur ligt aan diggelen!

16. Plannen

Verdwaasd blijven ze elkaar aankijken. Dan zegt Sanderijn: ‘Vreselijk, verschrikkelijk!’ Haar stem bibbert zo, dat Martje er een akelig gevoel van krijgt. ‘Het is de schuld van ons allemaal!’ fluistert ze.
Ze krabbelen overeind. Gelukkig is niemand gewond geraakt.
Het eerste wat Laurens doet, is de kippen oppakken en terugbrengen naar hun hok. Daarna vraagt hij: ‘Waar liggen de vuilniszakken?’ Zonder een woord te zeggen, ruimen ze met zijn drieën de glasscherven op. Maar als dat gebeurd is, moet er iets geregeld worden voor de kapotte achterdeur.
‘Ik weet niet wat ik moet doen!’ jammert Sanderijn. ‘Ik durf niemand hulp te vragen. Ik schaam me dood: de meester vertrouwde me!’
Het helpt niets als Martje opnieuw zegt dat ze allemáál schuld hebben. Sanderijn blijft verdrietig en ze wil beslist niemand opbellen.
‘Luister, misschien weet ik een oplossing!’ roept Laurens opeens. ‘Bij ons in de straat zit een timmerwerkplaats. De mensen daar zijn heel vriendelijk. Zal ik daar gaan informeren?’
‘Zo’n ruit kost verschrikkelijk veel geld, dat kan ik helemaal niet betalen!’ stribbelt Sanderijn tegen.
‘Maar Martje wel!’ zegt Laurens, en voordat Martje

kan protesteren, legt hij uit: ‘Ik bedoel niet dat je geld moet weggeven; je leent het alleen maar uit. Binnenkort krijg je het allemaal terug. Ik heb een ijzersterk plan om snel een heleboel te verdienen, met elkaar dan! Straks vertel ik wat ik bedoel. Nu ga ik eerst naar die timmerwerkplaats.’ Hij pakt zijn skateboard: ‘Ik ben zo terug!’
Als hij weg is, vraagt Martje: ‘Zal ik meteen thuis mijn geldkistje ophalen?’
Sanderijn haalt haar schouders op alsof ze het niet belangrijk vindt, maar als Martje wegfietst, roept ze: ‘Echt aan niemand vertellen, hoor!’
Gelukkig is er thuis niemand die lastige vragen stelt, dus al snel is Martje terug. Het geldkistje weegt zwaar in haar rugtas.
Sanderijn zit met Marmaduk op haar schoot voor het kippenhok. Martje pakt Callie en gaat naast Sanderijn zitten. Ze legt haar wang tegen de zachte veertjes van de vogel. Geen van beiden praten ze over wat er is gebeurd.

Laurens blijft behoorlijk lang weg. Sanderijn begint zich zorgen te maken of alles wel zal gaan zoals hij had uitgedacht, maar als er uiteindelijk wordt aangebeld, staat hij met een triomfantelijke lach op het stoepje. Hij wijst naar een bestelwagen die datzelfde ogenblik voor het huis stopt: ‘Gelukt!’ zegt hij alleen maar.
Wanneer de timmerman eenmaal bezig is, gaat het allemaal snel. De werkman moppert op een vriendelijke manier: ‘Zozo, stoeien en brokken maken

als je ouders niet thuis zijn. Ik heb zelf kinderen, dus ik begrijp dat wel! Maar jullie zijn geluksvogels dat ik hier tijd voor heb!' Hij past en meet, haalt enkele latjes weg, plaatst een grote, nieuwe ruit en tikt daar weer andere latjes tegenaan. 'Pico bello!'
Als het geldkistje van Martje tevoorschijn komt, knipoogt hij: 'Kijk eens aan, je betaalt uit je eigen spaarpot? Zeg maar tegen je ouders dat dit soort ongelukjes vaker gebeuren tijdens de vakantie.'
Hij loopt fluitend het tuinpad af.
Martje stopt de rekening die ze van de timmerman heeft gekregen in haar kistje. Vlug klapt ze het deksel dicht. Ze slikt: er zit alleen nog een tientje in en wat losse euromuntjes. Voor Sanderijn is het probleem opgelost, maar hoe krijgt zijzelf haar schuld aan Victorien ooit afbetaald?

Een paar uur later is haar stemming totaal veranderd. Met zijn drieën zitten ze in de appelboom in Martjes tuin te overleggen. Martje is opgelucht, want Laurens en Sanderijn hebben duidelijk verklaard dat ze met elkaar die vijfenzeventig euro gaan terugverdienen. 'Nog veel meer zelfs!' zegt Laurens. En Sanderijn is zo opgetogen over de goede afloop van het ongeluk, dat ze alleen nog maar grappen kan maken.
Marianne is al verschillende keren naar buiten gekomen om te vragen of ze wel voorzichtig zijn. 'Waarom gaan jullie niet in Martjes kamertje zitten? Daar kunnen jullie stoeien zoveel je wilt zonder risico!' roept ze naar boven. Maar Martje wil dat ab-

soluut niet: het is te zeer geheim wat ze met elkaar moeten bespreken!

'Luister,' zegt Laurens. 'Het gaat allemaal gebeuren op ... de BBB-dag. Weet je daarvan, Martje?'
'Een buurtdag, Victorien heeft erover verteld,' herinnert Martje zich. 'Dan wilde Victorien eigenlijk haar tekeningen tentoonstellen! Maar hoe kun je op zo'n dag geld verdienen? Het duurt trouwens nog bijna een maand. Dan is de vakantie alweer voorbij!'
'Daarom juist,' legt Laurens uit. 'Tegen die tijd is iedereen tenminste weer terug van vakantie! Op de BBB-dag gaan we jullie huis en jullie tuin veranderen in iets heel bijzonders: een circus bijvoorbeeld. Wij drieën verkleden ons en we verzorgen allerlei acts en stunts, dat soort dingen. In ieder geval moeten we ervoor zorgen dat alle mensen uit de buurt willen komen kijken. Van tevoren maken we natuurlijk toegangskaartjes ...'
'Ik snap het!' roept Sanderijn. 'Iedereen die wil komen kijken, moet entreegeld betalen. Geweldig!' Tegen Martje zegt ze: 'Het is een perfecte dag voor zoiets! Bijna de hele buurt doet eraan mee. Het is altijd ontzettend gezellig! Maar als we zo veel mogelijk mensen willen aantrekken, moeten we van tevoren een heleboel reclame maken! Daarom kunnen we beter een sprookjesland voorbereiden. Daar trek je vooral kinderen mee!'
Nu heeft Martje door wat precies de bedoeling is en zij komt met het beste voorstel: 'Een griezelbos

moet het worden, dat is leuk voor iedereen!'
Vanaf dat moment volgt het ene schitterende idee na het andere. Ze zijn niet meer te stuiten:
'... we hangen mijn slaapkamer vol met spinnenwebben en in de tuin allemaal vleermuizen ...'
'... we bakken griezelcakejes met vuurrood bloedglazuur ...'
'... kinderen kunnen geschminkt worden als vampier of weerwolf ...'
'... dan moeten je ouders ook vampiergebitjes indoen ...'
'... we maken spokenmaskers en heksenhoeden die we verkopen ...!'
'... mijn oma wil misschien waarzegster spelen ...'

'Kinderen, hallo, hallooo!!!' Opeens dringt de stem van Marianne tot hen door. Martje kruipt onder het bladerdak vandaan: 'Wat is er aan de hand?'
'Victorien belde: ze vraagt of je wilt komen, nu onmiddellijk,' roept Marianne naar boven.
'Ja maar, eigenlijk zitten we ...' wil Martje tegensputteren, maar dan herinnert ze zich Victoriens woorden: *afspraak is afspraak* en vanzelf is haar tegenzin verdwenen.
'Komen jullie eventjes mee? Dan kunnen jullie kennismaken met Goliath, en met Victorien natuurlijk!'
Ze klauteren achterelkaar naar beneden.

17. Goliath

Met Laurens en Sanderijn aarzelend achter zich aan loopt Martje Victoriens huiskamer binnen.
'Hoi Victorien, ik had vandaag met mijn vrienden Sanderijn en Laurens afgesproken, vandaar ...' begint ze. Dan stopt ze meteen. In één oogopslag ziet ze waarom Victorien haar hulp heeft gevraagd. Victorien staat geleund op haar krukken voor haar werktafel, waarop het één grote ravage is. Op de grond liggen een heel stel tekeningen tussen allemaal scherven en nattigheid. 'Wat zonde, wat is er gebeurd?' vraagt Martje, terwijl ze een natte tekening uit de puinhoop opvist.
'Laat dat maar even zitten,' zegt Victorien. 'Het gaat over Goliath!' Ze wijst omhoog naar de boekenkast. Bovenop, vlak onder het plafond, zit de kater weggekropen achter een grote siervaas.
'Hij heeft zich verstopt, waarschijnlijk omdat hij buiten ergens van geschrokken is. Hij kwam plotseling binnenvliegen, volslagen verwilderd, en hij sprong boven op de tafel. De theepot viel ondersteboven, alle thee stroomde over mijn tekeningen, ik schreeuwde omdat ik schrok, en toen schrok hij nog erger. Hij maaide alles van tafel: theepot, kopje, kleurpotloden en tekeningen, en op een of andere manier is hij toen boven op die kast terechtgekomen.

Ik durf hem niet omlaag te lokken, want ik vrees dat hij zomaar naar beneden gaat springen. Zijn lijfje en zijn poten kunnen zo'n schok nog niet verdragen na die klap van laatst! Ik wilde jou vragen voorzichtig naar hem toe te klimmen om hem te pakken. Jou vertrouwt hij.'

Martje gaat meteen samen met Laurens een ladder uit het schuurtje halen. Als ze daarmee terugkomen, is Sanderijn al begonnen met opruimen. Samen zetten ze de ladder uit, en haar vrienden houden die stevig vast als Martje naar boven klimt.

Het pakken van Goliath is geen enkel probleem: hij nestelt zich in haar armen en laat zich rustig meenemen naar beneden. Het probleem is alweer opgelost!

Martje stelt de kater trots voor aan haar beide vrienden: 'Jongens, dit is Goliath!'

'Wat een lieverdje!' zegt Sanderijn. Ze wil hem aaien, maar Goliath begint te blazen. Hij haalt uit met zijn poot en springt uit Martjes armen. Hij rent de kamer uit, en vervolgens horen ze een harde klik van het kattenluikje: Goliath is ervandoor.

Er loopt een rode schram dwars over de neus van Sanderijn. Pas als zij zegt: 'Vergissing, het is geen lieverdje!' kunnen de anderen opgelucht lachen.

Samen ordenen ze de tekeningen van Victorien, vissen de scherven overal tussenuit en dweilen de nattigheid op.

'Vandaag is voor iedereen een ongeluksdag!' verzucht Sanderijn. Vervolgens vertelt ze Victorien het verhaal van de gebroken ruit.

'Ik dacht dat het geheim was!' zegt Martje verbaasd.
'Ik kan zoiets nooit stilhouden. Ik zou het toch wel aan mijn ouders verteld hebben!' antwoordt Sanderijn.
'Maar als je dan straf krijgt?' vraagt Martje.
'Dan kríjg ik maar straf, dan ben ik er tenminste vanaf. Ik hou helemaal niet van geheimen. Dat voelt zo achterbaks. Dan moet ik er juist voortdurend aan denken.'
'Dat heb ik ook!' zegt Laurens. 'Soms durf ik iets niet tegen mijn vader te zeggen, maar ik bespreek altijd álles met mijn moeder.'
'Hm!' zegt Martje.
Victorien kijkt van de een naar de ander. 'Ik hou wel van geheimen,' verklaart ze. 'Leuke geheimen, daar ben ik verzot op! Die kan ik ook verbazend goed stilhouden!'
'Dat zijn geen geheimen, dat zijn verrassingen!' roept Martje. 'Een echt geheim is nooit leuk!'
Laurens en Sanderijn kijken haar veelbetekenend aan. 'Jullie zijn echt een team, hè,' lacht Victorien. 'Ik heb jullie zitten bekijken: het zou bijzonder zijn om jullie met zijn drieën te tekenen. Wat zouden jullie daarvan vinden?'
'Gaat u die tekeningen dan tentoonstellen tijdens de BBB-dag?' vraagt Sanderijn.
'Goed idee,' vindt Victorien, 'maar dit jaar zal ik daar jammer genoeg niet aan mee kunnen doen!'
'Wij anders wel. We zijn al volop met voorbereidingen bezig!' Martje loopt alvast naar de voordeur: 'Kom op, jongens, laten we gaan!'

'Een momentje. Voordat je weggaat, moeten we iets regelen,' zegt Victorien. 'Allereerst natuurlijk dankjewel voor jullie hulp, ook namens Goliath. Het is nu al de tweede keer dat Martje scherven heeft moeten opruimen die hij heeft veroorzaakt!'
Victorien pakt haar handtas en begint erin te rommelen op zoek naar haar portemonnee.
Ineens wordt Martje verschrikkelijk kwaad, al begrijpt ze niet precies waar die boosheid vandaan komt. 'Ik wil niet dat je me hiervoor betaalt!' barst ze los. 'Ik wil ook wel eens iemand helpen zonder dat ik daarvoor betaald moet worden! Ik ben geen geldwolf! Voortaan neem ik geen cent meer aan, nooit meer!' eindigt ze vastbesloten.
Laurens en Sanderijn kijken allebei met ingehouden adem naar Victorien. Die zit een paar tellen stokstijf stil. Haar hand met de portemonnee hangt boven haar tas. Dan zegt ze met een lachje: 'Volkomen duidelijk, Martje!' Ze laat de portemonnee los, die met een plofje terug in haar handtas valt. 'Ik dacht alleen maar: afspraak is afspraak, vandaar!'
'Onze afspraak is dat je me opbelt als je hulp nodig hebt en dan wil ik niet betaald worden!' Martje zegt het dreigend.
Nu lacht Victorien voluit. 'Jij bent de baas!' zegt ze.

18. Alles mislukt

'Wat waren jullie allemaal aan het bespreken, daar in die appelboom?' vraagt Marianne als ze 's avonds aan tafel zitten. 'Ik hoorde jullie alsmaar lachen! Of is het geheim?'
'Het is helemaal geen geheim, het is een verrassing!' zegt Martje, terwijl ze haar appelmoes oplepelt. 'Eigenlijk moeten jullie het zelfs weten. We hebben namelijk jullie hulp nodig. We hebben plannen gemaakt voor die BBB-dag volgende maand.'
'Voor de BBB-dag?' zegt Jochem plagerig. 'Daar had jij toch geen behoefte aan?'
'Niet kinderachtig doen; dat was éérst. Luister maar!' zegt Martje. Ze begint te vertellen over het voornemen om die dag een griezeldag te organiseren. Ze noemt het hele rijtje ideeën om hun huis en tuin te veranderen in een griezelbos.
'Grappige manier om met je buren kennis te maken!' vindt Jochem, maar Marianne begrijpt het niet helemaal. 'Willen Sanderijn en Laurens niet liever in hun eigen huis iets leuks laten zien?' vraagt ze.
'We willen het juist samen doen. Daardoor verdienen we waarschijnlijk meer! We proberen vooral zo veel mogelijk bezoekers te lokken! 's Avonds, tijdens de buurtbarbecue, willen we nog een voorstelling geven en daarna gaan we met de pet rond! We

beginnen morgen direct aanplakbiljetten te maken! Prachtig uitgedacht allemaal toch?'
Martje kijkt opgetogen van Jochem naar Marianne, maar haar ouders zijn blijkbaar niet bijster enthousiast over hun plannen.
'Ik zou daar nog maar eens goed over nadenken ...' begint Jochem.
Marianne valt hem meteen in de rede: 'Erover nadenken, geen sprake van! Dat zogenaamde leuke plannetje gaat absoluut niet door! Entree heffen, met de pet rondgaan ... daar is een buurtdag volstrekt niet voor bedoeld! Waarom moet het altijd en eeuwig over geld verdienen gaan?' Marianne ontploft bijna. Ze is razend.
Maar Martje is ook woedend! Ze springt van haar stoel terwijl ze schreeuwt: 'Dan doe ik wel helemaal NIKS op die stomme BBB-dag! Ik dacht dat ik eindelijk een oplossing had gevonden, maar door jullie schuld gaat dat niet lukken! Jullie snappen niets, nooit! Alsof ik het allemaal voor mijn plezier doe!'
Tranen zijn in haar ogen gesprongen, maar huilen wil ze volstrekt niet. Ze holt de kamer uit. Jochem roept haar achterna: 'Martje, lieverd, niet weglopen!'
Daar luistert ze vooral niet naar. Ze bijt op haar lippen en stuift naar buiten, de tuinpoort uit, kriskras alle gangetjes door. Ze stopt niet voordat ze bij het speelpleintje is aangekomen. Daar verstopt ze zich in het speelhuisje. Vervolgens barst ze in snikken uit: nooit zal ze van die afschuwelijke schuld afkomen!

......

Eindeloos lang zit ze in elkaar gedoken in het speelhuisje. Telkens als ze denkt dat het huilen voorbij is, komt er weer een rare beverige snik uit haar keel. Ze vergeet de tijd helemaal. Ze wordt zelfs een beetje soezerig.
Langzaamaan verdwijnt het huilgevoel. Opeens merkt ze dat ze zomaar wat zit te neuriën. Met een takje tekent ze een poes in het zand op de grond: Goliath. Hij vertrouwt haar tenminste!
Dan, volkomen onverwacht, verschijnt het gezicht van Laurens in de deuropening van het speelhuisje.
'Hoi Martje, ik verwachtte wel dat je hier verstopt zat! Mag ik erbij komen zitten?'
Martje is zo overrompeld, dat ze vergeet antwoord te geven. Ze kruipt naar buiten en slaat de zandkorrels van haar kleren. 'Wat doe jij hier?'
'Dat kan ik beter aan jou vragen!' antwoordt Laurens. 'Was je van plan om hier vannacht te blijven slapen? Je ouders zijn verschrikkelijk ongerust. Het is hartstikke laat. Ze hebben iedereen opgebeld. Maar ik vermoedde dat je hier zou zitten, en ik had gelijk!' Hij kijkt trots.
Maar Martje schrikt: 'Dat was absoluut de bedoeling niet,' zegt ze. 'Dankjewel!' Ze wil meteen weglopen, maar Laurens roept: 'Wacht, er is nog iets anders ...' Zijn wangen zijn vuurrood geworden en hij staat een beetje verlegen te draaien.
'Wat is er?' vraagt Martje als Laurens niets terugzegt. 'Vertel!'
Laurens haalt diep adem. Dan zegt hij razendsnel achterelkaar: 'Je ouders weten wat er is gebeurd,

van de gebroken vazen en van de vijfhonderd euro, alles!'
'Heb jij het verteld?' Martje kan haar oren niet geloven.
'Natuurlijk niet, zoiets zou ik gegarandeerd nooit doen, maar mijn moeder wist het wel! Daarom vroeg zij toen jouw vader vanavond opbelde: "Waren jullie boos op Martje, omdat ze die vazen van Victorien heeft kapotgemaakt?" Jouw vader snapte daar uiteraard niets van, en toen heeft mijn moeder het allemaal uitgelegd. Dat moest wel!'
Als Martje niets terugzegt, wordt Laurens boos.
'Het is óók je eigen schuld! Zo veel geheimen, dat moest wel verkeerd aflopen!'
'Dat weet ik best!' roept Martje. Ze stampvoet.
'Iedereen is nu natuurlijk geweldig kwaad op mij en het allerergste is dat ik het allemaal aan Victorien moet gaan opbiechten, maar dat wil ik gewoonweg niet. Ik durf het echt niet!'
'Dat snap ik niet: Victorien zal toch niets vervelends doen? Volgens mij is ze ontzettend aardig.'
'Daarom vind ik het juist zo verschrikkelijk!' zegt Martje. Ze wrijft hard met haar vuisten over haar wangen.
Op dat moment klinken er stemmen in de verte:
'Martje!' horen ze roepen, 'Martje!!'
Aan de andere kant van het hekje, op het skatepleintje, komen mensen aanlopen: voorop Sanderijn en daarachter Jochem en Marianne.
'Ja, ik had gelijk, ze is hier!' roept Sanderijn triomfantelijk. Dan beginnen ze allemaal te hollen.

19. Naar Victorien

Er wordt een heleboel gekust en geknuffeld. Daarna lopen ze in een soort optochtje naar huis. Jochem heeft zijn arm om Martjes schouders geslagen. Telkens als Martje begint te praten, onderbreekt hij haar. 'We praten thuis pas,' zegt hij. 'Dat hebben Marianne en ik afgesproken.'
Ze lopen eerst langs het huis van Laurens om hem af te leveren en daarna met een grote omweg langs het huis van Sanderijn. Het begint donker te worden als ze gedrieën verder lopen. Het is muisstil op straat. Je hoort alleen ergens vanuit een boom het avondgezang van een merel.
'Ik vind ...' beginnen Marianne en Martje opeens allebei tegelijk.
'We zouden nog even wachten met praten,' herinnert Jochem hen aan de afspraak.
'Ik wilde alleen maar zeggen dat niets ooit erg genoeg is om ervoor weg te lopen!' zegt Marianne. Ze pakt Martjes hand. 'Er is altijd overal een oplossing voor te bedenken, altijd!'
'Weet ik best!' antwoordt Martje. Ze blijft stilstaan; daarom moeten haar ouders haar allebei loslaten.
'Ik wilde alleen maar zeggen dat ik heus wel teruggekomen was vanavond. Ik ga toch niet écht weglopen!'
'Jullie zijn allebei druktemakers,' zegt Jochem.

'Daardoor lijkt alles altijd duizendmaal erger dan het is. Gelukkig hou ik veel van druktemakers!' Ze lopen verder en zeggen niets meer totdat ze thuis zijn aangekomen.
In de woonkamer van Victorien brandt licht, ziet Martje. Ze krijgt een beetje een misselijk gevoel. Vlug loopt ze hun tuinpad op, maar wanneer Marianne de voordeur voor haar openhoudt, zegt ze: 'Wacht, ik moet eerst iets met Victorien bespreken.' Ze holt terug, het tuinpad van Victorien op, en drukt op de deurbel. Ergens vanuit het duister komt Goliath aanlopen. Hij strijkt langs haar benen terwijl Martje wacht tot Victorien opendoet.

Het is echt pikdonker als Martje opnieuw voor de voordeur van hun eigen huis staat. Jochem doet open. Hij vraagt niets. 'Marianne heeft warme chocolademelk gemaakt,' zegt hij.
'Heerlijk!' Martje komt bij haar ouders aan tafel zitten. Even is het muisstil, dan zeggen Marianne en Martje tegelijk: 'Weet je, die BBB-dag ...!'
'Ik was eerst!' zegt Martje vlug. 'Ik wilde zeggen dat ik niets ga doen op de BBB-dag, tenminste ...'
'Dat vind ik jammer,' onderbreekt Marianne haar. 'Jullie hadden zulke geweldige plannen bedacht. Het kan toch ook een spannend griezelfeest worden zonder geld te verdienen!'
'Dan wordt het een griezelfeest zonder mij,' zegt Martje, 'want ik ben die dag helemaal niet thuis. Op de BBB-dag ben ik de hele dag bij Victorien. Dat heb ik vanavond met haar afgesproken! De

komende weken ga ik haar helpen zodat ze toch een tentoonstelling van haar tekeningen en haar vazen kan houden op de BBB-dag, en dan ben ik gastvrouw. Ik ga ervoor zorgen dat zo veel mogelijk mensen de tentoonstelling komen bekijken. Door aanplakbiljetten te maken en dat soort dingen ... Morgen ga ik Sanderijn en Laurens vragen of ze willen meehelpen.'
'Schitterend idee!' vinden Jochem en Marianne.

Later, als Marianne welterusten komt zeggen, vraagt ze: 'Wat zei Victorien eigenlijk over het plan dat je hebt bedacht?'
'Volgens mij vond ze het fantastisch!' zegt Martje. 'Maar ze zei ook: "Je moet er alleen voor zorgen dat je geen brokken maakt, want dan moet je die zelf opruimen!"'
'Wat heb je daarop geantwoord?' vraagt Marianne nieuwsgierig.
'Flauw!' zegt Martje.
'Groot gelijk!' zegt Marianne. Ze kijken elkaar aan en grinniken.

Ha lezer,

Je hebt net het boek *Rare zomer* gelezen. Nou, ik ook, en ik wil er toch wel iets over zeggen! Als ik het verhaal teruglees, klopt het. Alleen vind ik dat de schrijfster mijn kwaadheid erg overdreven heeft. Ik was natuurlijk chagrijnig en verontwaardigd, maar niet zo woedend als zij opgeschreven heeft. Zo kinderachtig ben ik ook weer niet!
Als ik zelf een titel zou moeten bedenken, zou ik het boek *Vrolijke zomer* noemen, want we hebben ontzettend veel plezier gehad, Laurens, Sanderijn en ik (en nog steeds!). Zij hebben me natuurlijk geholpen met de tentoonstelling voor Victorien en die is een succes geworden ... Daar had je echt bij moeten zijn! Trouwens, er is die dag niets gebroken! (Grapje.)
Met Victorien gaat het goed. Zij rijdt zelf weer auto en dat soort dingen en binnenkort begint ze ook weer met pottenbakken.
Zelf ben ik druk met school, met balletles en turnen. Dus doordeweeks heb ik weinig tijd over, maar in het weekend komen mijn vriendinnen (Annemiek en Yasmilla, weet je nog) meestal hier logeren en dan hebben we een hoop lol met elkaar!
Dat was het zo'n beetje. Als ik weer wat te melden heb, hoor je van me. Dus tot dan!

Martje

PS: Goliath is nog steeds geen lieverdje, maar ik ben dol op hem!

Naam:
Maria van Eeden

Leeftijd: 65 jaar

Ik woon in: een gewoon huis in Loosdrecht, maar de omgeving is niet gewoon: er is water, veel water, bossen en heidevelden, polders ... heerlijk om te zwemmen, te spelen, te fietsen en te wandelen.

Dit doe ik het liefst: (hoeveel bladzijden mag ik vullen?) Kijk wat ik hierboven geschreven heb! Maar ook en vooral lezen, schrijven, tekenen, muziek maken, met andere mensen samen zijn, koken, reizen, tuinieren ...

Ik hou helemaal niet van: tja ... gekookte knolraap en onnodige ruzie.

Het leukste boek vind ik: dat wil en kan ik niet kiezen. Trouwens, dat verandert ook steeds!

Zo kwam ik op het idee om *Rare zomer* te schrijven: ik had zelf een heel rare zomer, want mijn eigen huis werd verbouwd. Tjonge!

Ik wil heel graag nog een keer een verhaal schrijven over: durven.

Meer lezen van Maria van Eeden?

Er is hier niets te doen
Mim moet naar oom Kas.
Haar mam is ziek.
'Fijn,' zegt oom Kas.
'Leuk dat je bij mij komt.'
Maar voor Mim voelt het niet fijn.
Ze wil niet naar oom Kas.
Er is daar niets te doen!

Vond je de tekeningen uit dit boek ook zo mooi? Alice Hoogstad maakte ook de tekeningen van Een eigen plek.

Een eigen plek
Maria van Eeden

Dat is schrikken: Alexander wordt niet uit school gehaald door zijn moeder, maar door zijn tante. Zijn moeder moest plotseling naar het ziekenhuis. Gelukkig is het niet ernstig, maar ze moet wel een hele tijd blijven. Nu moet Alexander de zomervakantie doorbrengen bij zijn opa en oma. Ze wonen in een klein dorpje helemaal aan de andere kant van het land. Alexander vindt het vreselijk. Hij is niet van plan om het daar leuk te gaan vinden!

In deze serie zijn verschenen:

Ruben Prins
Zwerver gezocht!
zwijsen
op weg

Dirk Nielandt
Griezel je fit
zwijsen
op weg

Maria van Eeden
Rare zomer
zwijsen
extra

Monique van der Zanden
De rivierdief
zwijsen
extra